우리 제발 헤어질래?

우리 제발 헤어질래?

고예나 장편소설

자음과모음

차례

1 권지연 - 심란한 입국 008
권혜미 - 1박 2일 014

2 권지연 - 공대꽃미녀 020
권혜미 - 권 작가의 하루 027

3 권지연 - 언니 때문에 울다 웃다 038
권혜미 - 진짜 루저는 권지연 046

4 권지연 - 언니는 인간이 아니다 062
권혜미 - 동생은 가식의 대마왕 069

5 권지연 - 언니는 히틀러 언니는 독재자 082
권혜미 - 집 밖에서도 집 안에서도 모르는 사람처럼 092

6 권지연 - 피할 수 없는 인연 100
권혜미 - 아빠 친구를 만나다 111

7 권지연 - 언니에게서 탈출하다 122
권혜미 - 부산에서 생긴 일 135

8 권지연 - 우리 제발 헤어질래? 148
권혜미 - 선수 치는 데는 선수 163

9 권지연 - 우울증을 해소하는 데는 역시 180
권혜미 - 남자친구가 생기다 194

10 권지연 - 위험한 밤 212
권혜미 - 애 아빠 누구? 223

11 권지연 - 이야기꽃 피는 밤 234
권혜미 - 대단원 243

작가 후기 256

1

권지연 - 심란한 입국
권혜미 - 1박 2일

권지연 | **심란한 입국**

"빵! 빵!"

하늘이 갈라지도록 매서운 총소리가 들렸다. 사이렌이 울리며 경찰차가 출동했다. 범인이 차를 타고 도주했다. 총격전과 더불어 추격전이 시작되었다. 외국영화에서나 보던 장면이 실제로 코앞에서 일어나고 있었다. 동네는 순식간에 아수라장이 되었다. 범인이 차를 정지시키는 소리가 집 가까이에서 들렸다. 잠시 후 급하게 우리 집 문을 두드리는 소리가 들렸다. 설마 우리 집을? 나는 이불 단을 꽉 쥐었다.

"누…… 누구세요?"

영어를 써야 하는데 급박한지라 한국어가 나왔다. 범인이 문을 부쉈다.

"아얏!"

나는 창문에 머리를 찧는 바람에 꿈에서 깨어났다. 비행기 안이었다. 창문 밖으로 구름이 두둥실 떠다니고 있었다. 안도의 한숨이 나왔다. 당장 방을 구해야 했던 탓에 한 달가량 빈민가에 거주했을 적, 하루가 멀다 하고 밤이 되면 총격전이 일어났다. 가로수가 없어서 삭막하고 가로등이 없어서 어두운 동네였다. 쓰레기를 치우지 않는 건지 오물 냄새도 났다. 룸메이트와 나는 새벽만 되면 악몽을 꾸거나 실제로 밖에서 일어나는 일을 지켜보았다. 한 달 뒤 다른 동네로 갔을 때는 안심하고 잠을 잤다. 악몽도 꾸지 않았다. 그런데 입국하는 오늘 이 꿈을 꿔버렸다. 제발 한국에 가면 다신 안 꿨으면 좋겠다.

미국에서 여섯 달가량 살면서 가장 놀라웠던 점은 미국 백인 여자들은 꾸미지 않는다는 거였다. 우리나라만큼 외모에 열을 올리는 나라가 또 있을까. 우리나라 여자들은 자신이 모두 셀러브리티인 줄 안다. 다들 킬힐을 신고 짧은 치마를 입고 성형을 하기에 급급하다. 미국 백인 여자들은 그렇지 않다. 적어도 우리 학교에 다니던 그들은 킬힐을 신거나 짧은 치마를 입지 않았다. 대도시나 나가야 그런 차림을 구경할 수 있었다. 그래서 나는 미국에서 쇼핑을 하는 데 실패했다. 우리나라만큼 예쁜 옷이 없었다. 우리나라 중간 정도

가는 옷도 없었다. 이걸 옷이라고 만든 건지 천 쪼가리나 입고 다니라는 건지 옷들을 보면 어이가 없었다. 〈섹스 앤 더 시티〉에서 보는 의상과 킬힐은 다 허상이었다. 물론 부유층은 그렇게 꾸미고 다닐 것이다. 그들은 상위 몇 프로이다. 미국 백인 애들이 옷을 입는 모토는 '무조건 편하게'였다. 여학생들은 무조건 바지에 운동화였다. 그에 비하면 흑인들은 '화려하게 주렁주렁'이었다. 오래된 차에 튜닝이 장난 아니게 된 것만 봐도 알 수 있었다. 목걸이를 하나 하더라도 화려하고 주렁주렁 했다.

아무튼 혀를 굴려가며 백인과 흑인, 그리고 멕시칸과 스패니시와 더불어 살다 보니 급 늙은 기분이다. 이제 내 나라 한국에 왔으니 킬힐도 좀 신어주고 짧은 치마도 좀 입어가며 공대의 홍일점으로 다시 활동해야겠다. 다들 잘 지내고 있는지 모르겠다. 미국에서 학교를 다니면서도 대한민국에 있는 나의 모교가 그렇게나 그리웠다. 재미난 추억이 많아서이리라. 어서 빨리 복학하고 싶다!

공항에 도착하자마자 화장실로 달려갔다. 구역질이 났다. 침을 닦은 나는 거울을 보며 매무새를 다듬었다. 공항엔 엄마와 언니가 나와 있었다. 여섯 달 만에 보는 얼굴이었다. 엄마를 보니 반가웠고 언니를 보니 머리가 아파왔다. 엄마가 기쁘고, 기쁘지 않은 소식을 전했다.

"니 미국 갔을 때 언니가 등단해뿟다. 그래서 이제 혜미가 경기도 일산에서 살 긴데 투룸 구해놨으니까 둘이 같이 살아라."

언니가 바라고 바라던 등단이었으므로 물론 기뻤지만 그 때문에 언니와 함께 살아야 한다니 이게 무슨 날벼락 같은 소리인가. 스물아홉 되도록 결혼도 안 하고 왜 동생과 함께 사냔 말이다. 미국에 있을 때 부모님과는 한 달에 세 번 통화했지만 언니와는 여섯 달 동안 딱 한 번 통화했다. 잘 먹고 잘 사냐. 어. 살 만해. 그럼 됐다. 대화는 10초를 넘기지 않았다. 그딴 식으로 전화를 받는데 또 걸고 싶은 생각이 들겠난 말이다. 그 돈으로 남자친구에게 전화를 거는 게 훨씬 이득이다. 내 남자친구는 불행하게도 편입 준비생이다. 내가 없이도 열공 하고 있는지 의문이다. 그러나 지금 이게 문제가 아니다. 언니랑 앞으로 어떻게 살아야 할지가 문제다.

다행히 엄마의 주장(?)으로 학교와 가까운 일산에 집을 얻었다고 했다. 이미 큰 방은 언니의 방이었다. 엄마는 짐 정리를 도운 후 부산으로 가는 막차를 타고 사라졌다.

"이건 내 책이다. 읽으려면 읽고 말려면 말고."

말하는 게 꼭 저딴 식이다. 입 열어서 본전도 못 찾는 스타일이다. 가만히 있으면 중간이나 갈 텐데 꼭 호의를 베풀어놓고 찬물을 끼얹는다. 그래서 사람 기분을 상하게 만든다.

  내 방에 들어갔다. 앞으로 이 방에서 산단 말이지. 기숙사 방보다 낫긴 하지만 그래도 옆방에 언니가 있어서 기분이 별로다. 유학을 갔다 오면 학교 앞에 산뜻한 원룸을 얻어 혼자서 즐기며 살 줄 알았는데 언니와의 동거라니. 그나저나 재승이는 왜 연락이 안 오는지 모르겠다. 오늘이 내가 입국하는 날인 걸 알고나 있는지. 편입 준비가 무슨 벼슬이야? 나는 재승이에게 전화를 했다. 받지 않는다. 이 망할 놈.

  "집 청소하자."

  언니가 내 방으로 건너와 피곤하게 군다. 또 시작이다.

  "나 오늘 피곤하니까 다음에 하자."

  "다음에 언제."

  "몰라."

  "니 '몰라'가 내 스트레스 수치를 얼마나 높이는지 몰라서 그러나? 빨리 정해."

  "아, 몰라. 진짜 몰라서 모른다고 하는데 왜 그래!"

  진짜 짜증 난다. 가뜩이나 재승이가 전화를 안 받아서 기분도 꿀꿀한데 청소라니 말이 될 법한가.

  "나 화장실 다녀올 테니까 언제 청소할지 정해."

언니가 화장실 문을 쾅 소리 나게 닫는다.
"아, 몰라 몰라 몰라!"
나는 소리를 지른 후 한숨을 길게 쉬었다.

권혜미 | '1박 2일'

"권지연 어디갔노!"
 아무리 이름을 불러도 대답이 없다. 투룸이라서 손바닥 안이건만 진짜 보이지 않는다. 현관에 동생의 신발이 없다. 이 요망한 것이 지 성질 건드렸다고 집을 나간 모양이다. 가면 간다고 말하고 갈 것이지 화장실 간 사이에 그렇게 가버리는 건 뭐람? 누가 간다고 하면 말릴 줄 알고? 아무튼 성질 하나는 알아준다. 저녁 아홉시다. 나중에 자고 있는데 들어오는 거 아냐? 내가 문 열어주나 봐라. 나는 텔레비전을 켰다. 국회 뉴스를 하고 있다. 정치가 개판이 될수록 희한하게도 텔레비전 볼 맛이 난다. 아무래도 볼거리를 많이 제공해 주기 때문이 아닌가 싶다. 작가도 됐으니 지식인이 되어보겠다고 국회 뉴스를 시청했으나 잠이 오는 건 어쩔 수 없다. 잠신이 언젠가부터 몸 전체에 강림하셨다. 나는 꾸벅꾸벅 졸다가 텔레비전을 끄고 잠이 들었다. 얼마나 지났을까. 쾅쾅거리는 소리가 들렸다. 절대 문 열어주지 말아야지. 절대 안 열어주는 건 그렇고 시간을 두었다가 열어야지. 나갈 땐 마음대로 나가도 들어올 때는 그렇지 못하다는 걸 보여줘야 한다. 저건 언니 무서운지 모르고 시도 때도 없이 아르릉거린다. 그런데 아무리 생각해도 너무 심하게 쾅쾅거린다. 문이 부서질 것 같다.

"그만 쾅쾅대라카이. 그러다 절대 안 열어주는 수가 있다."

쾅쾅대는 소리는 줄어들지 않았다. 나는 짜증이 난 나머지 문을 확 열어젖혔다. 동생이 아니었다.

'1박 2일' 멤버들이었다. 폭삭 언니가 갑자기 날 끌어당겼다.

"우리 지금 삘 받았다. 혜미야, 당장 가자."

폭삭 언니가 내 손을 끌어당겼다.

"와일카노. 옷 좀 갈아입고……."

현재 난 토끼들이 뛰어놀고 있는 그림이 그려진 원피스 잠옷을 입고 있었다.

"안 된다. 무조건 지금 가야 한다. 시간 없다니까."

나는 현관에 놓인 슬리퍼를 대충 발에 끼워 맞춘 뒤 다짜고짜 끌려 나갔다. 폭삭 언니의 차에 탔다. 내가 가장 마지막 주자인 모양이었다. 다들 하고 있는 꼴이 가관이었다. 에어로빅을 가르치다가 타이즈 복장에 머리에 띠를 두르고 나온 어중간 언니부터, 갈빗집에서 엄마 일 도와주다가 앞치마 입은 채로 고무장갑 끼고 나온 오이와, 수영하다가 대충 옷을 꿰입고 나와 머리카락에서 물이 뚝뚝 흐르는 쪽박까지, 아주 꼴이 가관이었다. 우리는 자칭 '1박 2일' 멤버였다. 누구든 간에 삘만 받으면 서울을 돌며 사람을 수집한다. 저마다 사는 곳도 다르다. 동대문, 인천, 의정부, 신림, 일산 무조건 찍고 돈다. 서른다섯 살 노처녀 언니는 하던 사업이 폭삭 망해서 폭삭 언니이고(오늘은 이 언니가 삘 받아서 서울 일대를 돌며 우리들을 낚았다), 에어로빅을 하고 있다가 잡혀온 어중간 언니는 어중간하게 망해서 그렇게 불렸고, 앞치마 입은 채로 나온 오이는 얼굴이 길어서 오이이고, 수영하다 온 쪽박은 모은 돈을 주식으로 몽땅 날려서 쪽박이라고 한다. 나는 짝퉁이었다. 짝퉁을 산 적도, 진퉁을 산 적도 없었지만 책 제목이 그래서 짝퉁으로 불렸다. 우리는 각자 일을 하고 있다가도 누군가가 삘을 받으면 서로의 사정은 봐주지 않고 바로 사람을 실었다. 정확한 목적지도, 짜여진 예산도 없었다. 묻지도 따지지도 않고 그저 삘 닿는 곳으로 달리는 거였다. 오이의 앞치마에서 만 원짜리와 천 원짜리가 몇 개 나왔다. 쪽박은 수영하다가 짐 챙겨 나온 탓에 현금과 카드가 있었다. 에어로빅 하다 쫄쫄이 입고 나온 어중간 언니와 슬리퍼에 잠옷 바람인 나는 돈이 없었다.

"야, 어디로 갈까?"

폭삭 언니는 신이 났는지 음악의 볼륨을 높였다. 2NE1의 노랫소리에 귀청이 뜯어질 것 같았다.

"내 말 좀 들어봐. 오늘 엄마 대신 장사하고 있었는데 폭삭 언니가 먹고 있던 사람들보고 다 나가라는 거야. 셔터 문 내려야 한다면서. 오늘 장사 쪽박 찼어. 진짜 미쳐부러."

오이는 흥분하면 사투리를 썼다.

"짝퉁이 작가가 됐는데 우리가 가만있으면 안 되지. 어디로 갈까?"

어중간 언니가 내 어깨를 치며 물었다. 나 대신 쪽박이 대답했다.

"네 소설에 나오는 해운대나 가볼까."

"해운대 파이다. 지겹다."

나는 입맛을 다셨다.

"해운대 근처 좀 한적한 바닷가 없나?"

"송정이라고 있다. 송정 찍자."

"찍고 달려보자!"

"이 늙음을 불살라보자!"

우리는 저마다 신이 나서 소리를 질렀다. 차 안이 소음 때문에 터질 것 같았다. 근처 편의점에 들렀다. 어중간 언니가 손에 닿는 대로 과자와 맥주 캔을 쓸어 담았다.

"그렇게 막 사도 되나?"

내가 말리자 쪽박이 어중간 언니를 한 수 거들었다.

"삥 받는 대로 마구 담아버려!"

우리 멤버는 수영장에서 만난 사이였다. 처음부터 다 벗고 만났기 때문에 가릴 게 없었다. 사회에서 만난 게 아니라 허례를 차려야 할 것도 없었다. 부끄러울 것도, 감출 것도 없는 우리는 오픈 마인드 하나로 뭉친 멤버였다. 차는 별이 쏟아지는 강원도를 지나 밤바람을 일으키고 있는 부산 바닷가로 부지런히 달리기 시작했다.

2

권지연 - 공대 꽃미녀

권혜미 - 권 작가의 하루

권지연 | **공대꽃미녀**

몇 개월 만에 밟아보는 학교인가. 감회가 새로웠다. 앞에 낯익은 남자애가 걸어가고 있다. 누구였더라? 아, 킁킁이다. 역시 잘생긴 사람은 단박에 기억되는군. 우리 공대에는 투 톱의 미남들이 존재한다. 공대 미남계의 양대 산맥이라고 할 수 있다.

원 톱 - 내가 본 일반인 중 가장 잘생긴 킁킁이. 키도 크고 얼굴도 연예인 뺨치는 데다가 성격도 좋아서 베리베리 굿이다. 단점은 비염이 있어서 냄새를 잘 맡지 못해 자주 킁킁댄다는 것. 그래서 우리 미녀삼총사는 그를 '킁킁이'라 부른다(미녀 삼총사는 후에 소개하겠다).

투 톱 - 킁킁이보다 잘생긴 건 아니지만 그래도 미남에

속한다. '기럭지빨'이 제법이다. 게다가 명품만 고집하는 탓에 그 기럭지가 더욱 돋보인다. 페라리 612 스카글리에티를 타고 등교한다. 우리는 그를 '페라리 씨'라고 부른다. 성격은 허세 끼가 있다.

쿵쿵이에게 말을 걸까 하다가 관둔다. 지금쯤 편입 학원에서 퍼질러 자고 있을 내 남친이 떠오른다. 어제 집에서 가출(?)을 한 후 간 곳은 재승이의 독서실이었다. 재승이를 보자 한숨만 나왔다. 휴게실에서 컴퓨터 게임을 하고 있었다. 6개월 동안 감시 체제에서 벗어나더니 아주 인간 말종이 된 모양이다. 재승이는 날 보더니 게임만 끝내고 연락을 하려고 했다는 말도 안 되는 변명을 했다. 재승이는 삐쳐 있는 나에게 화장품을 사주며 기분을 풀라고 했다. 재승이 부모님은 아들이 공부하는 동안 잘 먹고 다녀야 한다며 용돈을 듬뿍 준다. 그 용돈의 일부는 거의 나에게 들어온다. 당연한 것 아닌가. 이번 일만 해도 그렇다. 공항에 나와도 모자랄 판에 독서실에 앉아서 게임이나 하고 있었으니. 어제 나는 재승이에게 정신교육 좀 시키고 집으로 왔다. 집에 왔더니 언니는 없었다. 전화를 했지만 받지 않길래 그냥 자버렸다. 대충 예상되는 시나리오가 있었다. 아니나 다를까. 오늘 새벽 언니는 콧물을 마시며 집으로 귀가했다. 역시 언니는 친구들과 어디론가 튀었던 것이었다. 부산 송정 바닷가까지

가서 민박을 잡고 밤새 삼겹살 몇십 인분을 먹고 술판을 벌이며 놀다가 삘 받아서 수영을 했단다. 이 가을 날씨에 여분의 옷도 없이 바다에 뛰어든 것은 그야말로 미친 짓이다. 바닷물을 돗자리 삼아 놀았다고 하는데 옷이 더러워지는 건 생각도 안 한단 말인가(초록은 동색이라고, 언니의 친구들은 다 미친 것 같다). 나중에 옷도 말릴 겸 찜질방에 갔는데 아이스 방에 들어가서 여자 다섯 명이서 밤새도록 수다를 떨었다고 했다. 그리고 오늘 출근해야 하는 사람들 때문에 서울로 급히 온 것이다. 언니는 오자마자 재채기를 하며 연신 코를 풀어댔다. 정말 미련하기 짝이 없다. 언니 친구들을 보면 격식이 없다. 옛날 말로 하면 천한 것들이다. 하고 다니는 꼴을 보면 가관이다. 누구 하나 예쁜 사람도 없고 꾸밀 줄 아는 사람도 없다. 한마디로 패션 감각이 구리다. 더 웃긴 건 자기들이 좀 웃긴 줄 안다는 것이다. 그런 저급한 개그? 하나도 안 웃기다. 언니를 포함한 언니의 친구들은 여자다운 맛이 없다. 그러니까 언니가 스물아홉 되도록 남자 한 번 사귀지 못한 게 아니겠는가. 엄마, 아빠도 지금은 포기했다. 몇 달만 지나면 서른이 되니 그때 밀어붙일 작정인 것 같다.

자자, 다시 학교로 돌아와서 이번엔 미녀 삼총사를 소개하겠다.

미녀 삼총사의 중심에 있는 사람은 바로 두말할 것 없이 나다. 예쁜 게 죄인가. 휴. 가인박명이라고, 나중에 빨리 죽을까 그게 걱정이다. 애들은 나를 '밀가루'라고 부른다. 얼굴도 하얀 데다가 매일 화장을 떡칠한다고 해서 불리는 별명이다. 가끔 '신부화장'이라고도 부른다.

　다른 한 명은 '레종'이다. 담배를 레종으로 피워서 붙여진 별명이다. 특이 사항은 하루에 옷이 세 번이나 바뀐다는 점이다. 머리도 바뀐다. 기숙사에 사는데 아침에는 생머리였다가 오후에는 고데기 한 파마머리였다가 한다. 옷도 점심 먹기 전과 후가 다르다. 쉬는 시간마다 담배를 피우는데 레종을 맛있게 태운다.

　나머지 한 명은 '성미'이다. 성형미인을 줄인 말이다. 코 수술과 가슴 수술이 아주 훌륭히 잘된 탓에 성미라고 부른다. 옷이 바뀌진 않지만 한 번 입은 옷을 다시 입는 걸 본 적이 없다.

　이들이 나와 다른 점은 특출나게 얼굴이 예쁜 편이 아니란 거다. 나보다 키는 조금 크지만 얼굴은 매우 평범하다. 하지만 공대에 들어서는 순간 그 평범은 평범 이상으로 승격한다. 공대는 여자가 귀하기 때문이다. 평범 이상인 나는 연예인급으로 승격한다. 그러니까 공대에서, 어쩌면 우리 학교를 통틀어서 나는 제일 예쁜 여자일지도 모른다.

예쁜 여자는 크고 작은 도움의 손길들을 많이 받는다. 레포트를 써주는가 하면 부탁하지도 않았는데 자료를 공유하게 해준다. 조별 과제 시에도 내 몫까지 다 해주겠다는 사람이 널렸다. 그리고 같은 방향이 아닌데도 태워주겠다고들 한다. 하지만 나는 지조 있는 여자라서 페라리밖에 타지 않는다. 남자친구 있는 여자가 아무거나 타고 다니면 싸 보이기 마련이다. 페라리 씨는 시골에서 올라온 촌티 나는 애들을 씹는 게 특기다. 차는 훌륭하지만 인성은 구리다. 그러나 나는 같이 씹어준다. 그렇지 않으면 나도 왠지 촌티 나는 애들의 대열에 합류될 것만 같다.

사람들은 내가 남학생들에게 고백을 제일 많이 받았을 것이라고 생각할 거다. 하지만 이상하게도 나는 고백을 아주 조금밖에 받지 못했다. 오히려 레종과 성미가 고백은 더 받았다. 나는 이 문제를 이렇게 해석한다. 남학생들은 매우 예쁜 여자에겐 대시를 못 한다. 거절당할까 봐, 너무 여신이어서 감히 다가가질 못하는 것이다. 하지만 평범한 여자들은 왠지 고백하면 넘어올 것 같고 만만해 보여서 찔러본다. 누가 뭐래도 난 이렇게 생각한다.

도서관에 갔다. 오랜만에 와보는 도서관이다. 공부도 하고 책도 빌려야겠다. 소설 코너로 간다. 흠칫 놀란다. 언니의 책이 꽂혀 있다. 언니의 책을 이런 곳에서 보니까 좀 신기하다. 마음이 좀 이상하다. 좋긴 좋은데 이걸 뭐라고 표현해야 할지 모르겠다. 내 앞으로 손이 쑥 오더니 누가 언니 책을 가져간다. 나는 가져가는 남학생의 뒤통수를 본다. 페라리 씨다! 나는 페라리 씨가 알게 모르게 싫으면서도 그의 앞에서는 우쭐해 보이고 싶어 한다.

"페라리 씨!"

나는 별명을 작게 부른다. 지가 페라리인 줄 알고 바로 뒤돌아본다. 하긴 우리 학교에 페라리를 타는 건 애뿐이다.

"야, 오랜만이다."

"미국 버클리에서 유학 생활을 했거든."

나는 미국 본토 발음으로 '버클리'를 발음했다. 역시 명품으로 휘감은 사람을 보니 안구가 정화되는 것 같다. 나도 모르게 기분이 업된다.

"그거 우리 언니가 쓴 거야."

"와, 진짜? 너희 언니 작가야? 이 책 기대되는데?"

"기대까지야……."

페라리 씨는 곧 수업 시간이라 가봐야 한다며, 나중에 밥이나 먹자는 말을 남기고 사라졌다. 페라리 씨는 여자친구가 있다. 소문으론 연상이라고 한다. 쿵쿵이 역시 여자친구가 있다. 톱들은 피곤하다. 나 역시 피곤하다.

나는 햇빛이 잘 드는 창가 자리에 앉는다. 책을 펴는 순간 책에 머리를 박고 졸고 있을 재승이가 생각난다. 또 조만간 재승이 독서실을 습격해야겠다.

권혜미 | 권 작가의 하루

오늘은 갤러리아 잡지 촬영이 있는 날이다. 작가가 이런 촬영을 많이 한다는 것에 놀랐다. 헤어와 메이크업은 협찬을 받아 정샘물에서 해주기로 했다. 청담동에 있는 정샘물을 찾아 들어가자 아는 연예인들이 두어 명 보인다. 헤어를 상의하고 메이크업을 시작했다. 매일 선크림만 바르고 다니는 나로서는 이런 화장이 퍽이나 어색하다. 솜으로 얼굴을 닦은 후 화장품을 퍼프로 두드린다. 선크림이나 비비크림이나 무조건 손이 아닌 퍼프로 두드린다. 촉감이 좋다. 마지막으로 아이라인을 그리고 마스카라를 올리자 딴 사람 같다. 입술은 연한 핑크로 바른 후 펄을 덧발랐다. 역시 화장술은 놀라운 것이다. 나를 맡기로 한 갤러리아 에디터가 도착했다.

에디터가 갖고 온 옷들은 하나같이 공주 풍이었다. 동생이 좋아하는 스타일이다. 나는 보통 티셔츠에 추리닝이다. 작가라서 옷도 많이 필요 없다. 검정색과 녹색 두 개를 번갈아 가면서 입는다. 세 가지 옷 중에 꽃무늬 프린트가 되어 있는 미니드레스를 골랐다. 이런 옷을 입으려니 팔에 닭살이 돋을 것 같다. 탈의실에서 옷을 갈아입고 나온다. 어울리는 건지 판가름이 안 선다. 차를 타고 촬영 장소로 이동했다.

눈부신 조명 아래 포즈를 잡고 사진작가가 사진을 찍는다. 책을 이렇게 들었다가 저렇게 들었다가 하면서 웃는다. 이럴 줄 알았으면 셀카라도 연습할걸. 지연이가 셀카 놀이할 때 욕을 퍼부었는데 그런 게 이런 일에는 도움이 되다니. 배에 힘을 주고 눈에 힘을 주고 입꼬리에 힘을 주니 모든 감각이 긴장되어 팽창해진다. 최대한 날씬하고 예쁘게 보여야 한다. 사진이라도 그렇게 나와야 한다.

한 시간가량의 촬영이 끝나고 에디터 기자와 청담동 레스토랑에서 식사를 했다. 이야깃거리는 물론 인터뷰였다. 언제부터 글을 쓰셨어요. 중3 때요. 그런데 지금 보면 졸작이지요. 작이라고 할 수도 없어요. 추리소설이었는데 주운 반지를 낀 사람한테 저주가 내리는 소설이었어요. 상을 준 이유가 뭐라고 생각하세요. 제게 상을 준 이유가 '척' 하지 않아서라대요. 세련된 척 트랜디한 척 핫한 척 하지 않아서래요. 그냥 진솔하고 담담하게 풀어 썼기 때문이라는데……. 전 의식을 안 했다기보다 그런 거에 관심이 없어요. 그러니 그쪽으로 잘 쓸 수도 없는 거고요…….

두어 시간 만에 인터뷰가 끝나고 지하철을 탔다. 몸은 피곤했지만 집으로 그냥 갈 순 없다. 아무리 피곤해도 일주일에 한 번은 꼭 들러야 하는 곳이 있다. 바로 복싱장이다. 내 취미는 복싱이다. 여자들은 주먹을 휘두를 때의 쾌감을 모른다. 복싱장 문을 열고 인사를 했다. 역시 여기가 내가 있어야 할 곳이다. 친근한 땀 냄새가 나는 이곳. 운동복으로 갈아입고 복싱화를 신는다. 그리고 손에 핸드랩을 감는다. 처음엔 준비운동을 한다. 그 후 줄넘기를 하고 자세 연습에 들어간다. 마지막으로 샌드백을 친다. 오늘따라 줄넘기가 잘된다. 속도가 점점 빨라지고 있다. 현재까진 스텝, 원투, 위빙, 더킹, 위빙+더킹 하면서 스트레이트, 훅까지 배웠다. 처음 배울 땐 손목, 발목이 삐고 아팠다. 핸드랩 감는 부분이 상처가 나기도 하고 주먹 뼈도 튀어나오면서 색이 변했다. 하지만 어깨, 배, 팔 전체의 근육량이 많아질수록 기분도 좋아졌다. 복싱의 묘미는 때리는 맛에 있다. 상대방을 기권시킬 때마다 자신감이 솟는다. 조금 있으면 열릴 전국 생활체육 복싱대회에 나갈 거다. 작은 대회이긴 하지만 긴장을 늦출 수 없으므로 오늘도 나는 열심히 샌드백을 친다.

*

집으로 돌아오는 길에 과일을 조금 샀다. 소음에 가까운 배기음을 내며 4인용 스포츠카가 휑 하고 지나갔다. 이 동네에 생뚱맞게 빨간색 페라리가 다니다니. 어울리지 않는다. 집으로 돌아오니 권지연이 와 있었다.

"이봐라. 내 방금 페라리 봤대이."

"우리 학교 남자애가 나 태워준 거거든."

"이런 구린 년을 다 봤나. 남자친구도 있는 아가 다른 놈이 태워준다고 덥석 앉나? 그리고 그놈은 개념을 밥 말아먹었나? 페라리 있는 집이면 그냥 승용차도 있을 텐데 어디 감히 등교를 스포츠카를 타고 한단 말이고? 허세에 쩐 새끼."

나는 언제나 남자의 호의를 무시했지만(그렇다고 호의를 많이 받은 것도 아니지만) 지연이가 페라리를 타고 집에 귀가했다는 말을 들으니 속이 뒤틀린다.

"오늘 화장이 평소랑 다르네?"

동생이 바로 내 화장을 지적한다. 예리한 인간.

"갤러리아 잡지 촬영했다. 배고픈데 밥이나 안치라."

"난 지금 배 안 고프거든."

"난 고프니까 지금 미리 해라."

"내가 먹고 싶을 때 할 거거든."

꼬박꼬박 말대꾸하는 목소리를 들으니 순간 권지연의 얼굴이 샌드백으로 보였다. 치고 싶은 충동을 강렬히 느꼈다.

동생 방을 흘끗 봤다. 침대에 막 벗어놓은 것 같은 원피스가 널려 있었다. 헉. 내 눈알이 돌아갈 것 같다. 저건 한 번도 입어보지 않았으며 백화점에서 거금을 주고 산 내 원피스가 아닌가.

"야. 니가 이거 입었나?"

목소리가 바로 깔렸다. 내가 폭발하는 단계는 2단계로 나눌 수 있다. 처음엔 목소리를 깐다. 내가 목소리를 깔면 권지연은 흠칫 놀란다.

"어……."

권지연이 풀이 죽은 목소리로 인정을 한다. 도대체 이 인간은 왜 이러는지 모르겠다. 내가 옷을 안 빌려주는 것도 아니다. 빌려달란 말을 하면 빌려준다. 그런데 이년은 말도 없이 남의 옷을 훔쳐 입는다. 몰래 망을 보다가 내 옷장에서 옷을 꺼내가는 것이다. 옷뿐만이 아니다. 한 번도 들어보지 않은 가방에 아껴 신는 구두까지 말로 다 할 수도 없다. 보는 눈은 있는지 비싸고 좋은 것만 쏙쏙 가져간다. 어떤 사람들은 이렇게 생각할 수도 있다. 동생이 좀 입는데 그걸 가지고 뭐라고 해? 라고 말이다. 하지만 난 좀 특이하다. 난 옛날부터 내 것에 대한 소유욕이 강했다. 어릴 때도 동생과 나의 인형을 분류해서 가졌다. 이 서랍장엔 내 물건만 들었으니까 열면 안 돼. 이건 내 크레파스니까 쓰면 안 돼. 나의 물건, 나의 동선, 나의 장소, 나의 소유, 나의 것…… 나는 나의 구역을 침범하는 것을 보통 사람들에 비해 많이 싫어한다. 그래서 여태껏 나의 공간에 남자를 들여놓지 않은 건지도 모른다. 아무튼 웃긴 건 내가 동생에게 그렇게 소리를 버럭버럭 지르고 지랄을 해도 어김없이 내 물건에 야금야금 손을 댄다는 것이다. 도둑질도 중독이라 했던가?(나는 권지연이 내 물건에 손을 대는 것을 도둑질이라 생각한다. 주인 몰래 가져가는 게 도둑질 아니면 뭐란 말인가?)

"앞으로 안 그럴게."

동생은 모기만 한 목소리로 말했다. 자신의 잘못을 인정하는 척하는 권지연에게 나는 매번 당해왔다. 나는 씩씩거리며 원피스를 챙겼다. 그때 동생의 열린 옷장 사이로 또! 나의 원피스가 보였다. 미칠 것 같다.

"야. 니가 내 옷을 입고 니 옷장에 걸어놨나? 이기 진짜 미친 거 아니가?"

나는 권지연의 책장을 손으로 잡았다. 이제 2단계에 들어선다. 아빠가 핸드볼 선수였던 탓에 나의 완력은 장난이 아니다. 팔 힘과 손가락에서 나오는 힘은 남자들을 능가한다.

내가 손으로 잡고 있던 책장이 서서히 기울어지며 책들이 와르르 튀어나왔다. 책이 빠지고 있는 책장의 각도를 다시 원위치시켰다.

"앞으로 한 번만 더 이러면 그땐 확 직이뻔다. 알겠나?"

나는 내 물건을 챙겨 방으로 건너갔다. 정말 스트레스 받는다. 스트레스 받으면 암에 걸릴 확률이 높아진다던데. 저 인간 때문에 병원 신세를 져야 할 지경이다. 한동안 잠잠하다가도 일이 터진다. 내가 집을 비우고 편히 살 수가 없다. 어제 '1박 2일' 멤버들과 놀 때 남의 옷장을 뒤졌나 보다. 미국에서 얼마나 내 옷을 훔쳐 입고 싶었을까.

지가 돈 벌어서, 지 능력 되면 그때 입을 것이지. 아니, 내가 빌려준단 말이다. 근데 왜 말도 안 하고 사람 혈압 오르게 몰래 몰래 가져가는지 모르겠다. 매번 책장을 무너뜨려도 저 인간은 끄떡없다. 그때뿐이다.

나는 종이로 부채질을 하며 화를 달랬다. 싱크대 물소리가 들렸다. 권지연이 쌀을 씻는 모양이다. 내 성질이 더 뻗치기 전에 수습하나 보다. 전화벨이 울린다. 내 것이 아니다. 잠시 후 권지연의 코맹맹이 소리가 들려온다. 남자친구와 통화하는 모양이다. 편입 준비하면 공부나 할 일이지. 나는 코맹맹이 소리가 듣기 싫어 문을 쾅 하고 닫는다. 나는 권지연이 남자를 만나러 가거나 저런 식으로 통화를 하면 아무 이유 없이 열이 받는다. 나는 저러지 못하기 때문이다. 물론 나도 몇 번 고백을 받아보긴 했다.

   나를 끝까지 따라다니던 전라도 남자가 생각난다. LG텔레콤에서 114 상담원을 하던 시절이었다. 그땐 별의별 종자들이 많았다. 그저 여자 상담원과 대화를 하고 싶어 전화를 거는 놈도 있었다. 그중엔 SK텔레콤으로 바꿨으면서도 LG텔레콤 여자 상담원에게 전화를 거는 사람도 있었다. SK텔레콤 여자 상담원은 말투가 별로라는 것이었다.

   하루는 내게 연결된 남자가 대뜸 반말을 했다. 전화가 자꾸 끊긴다며 돈을 환불해달라고 요구하는 것이었다. 말투가 상당히 거칠었다.

"전화가 잘 끊겨붕께 환불하고 내 돈 돌려줘부러."

나는 부드러운 목소리로 말을 했다.

"죄송하지만 그건 이쪽에서 처리해드릴 수 없습니다."

"확 쳐들어갈랑께! 그냥 해줘부러."

약간 화가 났지만 다시 부드럽게 말을 했다.

"죄송하지만 이쪽에서 처리해드릴 수 없습니다."

"사시미 칼 들고 다 갈거불고 씹창 내부린다!"

"그렇게 하든가! 뭐 이런 미친놈이 다 있노!"

   나는 전화를 확 끊었다. 다음 날 그 전라도 남자는 진짜로 우리 회사에 나타났다. 그 남자는 조폭이었다. 전라도 조폭.

말 끝난 거다. 그는 정말로 사시미 칼을 들고 나타났다.

"권혜미가 누구여!"

여직원들의 눈알이 하나같이 나를 향했다. 조폭이 나를 향해 성큼성큼 다가왔다. 나는 오들오들 떨고 있었다. 나의 어퍼컷도 완력도 다 소용없는 것이었다. 사시미 칼이 번쩍 빛났다. 그는 내 앞에 오더니 털썩 주저앉았다.

"제 이상형입니다."

그 후 끈질긴 구애가 계속됐다. 회사에 선물을 보내오는가 하면 퇴근 시간에 맞춰 회사 앞에서 기다리기도 했다. 나는 결국 그곳을 그만뒀다. 그는 내 번호를 알아내 전화까지 했다.

"이제 회사 안 나온다고? 아따 그게 말이 되는갸!"

나는 결국 번호까지 바꿨다. 옛날 생각을 하니 우습다. 내 인연 찾는 거? 포기했다. 혼자 살아도 그만이지만 부모님이 난리칠 것 같다. 남들이 다 하니까 일단 결혼은 해야겠고, 그러려면 연애를 해야 하는데…… 에라 모르겠다. 서른 되면 생각하자. 서른다섯 살 되도록 결혼 못 한 폭삭 언니도 있는데 뭐. 압력밥솥 소리가 들린다. 밥 냄새가 방 안까지 들어온다. 잊고 있던 허기가 배에서 소리를 낸다.

3

권지연 - 언니 때문에 울다 웃다

권혜미 - 진짜 루저는 권지연

권지연 | 언니 때문에 울다 웃다

언니 때문에 눈물이 날 것 같다. 이 많은 책들을 언제 다 꽂아야 할지 모르겠다. 재승이를 불러서 도와달라고 하고 싶을 정도다. 도대체 언니는 왜 내가 자기 옷 입는 것을 못마땅하게 여기는지 모르겠다.

일단 언니는 좋고 비싼 옷을 사면 안 입는다. 왜 안 입느냐고 물어보면 관상용이란다. 도대체 옷을 관상용으로 사는 사람이 어딨느냔 말이다. 옷은 자고로 입어줘야 한다. 옷의 미덕은 많은 사람들이 봐주는 데 있다. 언니가 힘만 안 세도 대항하는 건데. 나는 왜 아빠를 안 닮아서 손가락 힘이 없는지 모르겠다. 팔씨름도 이겨본 적이 없다.

언니는 싸움의 여왕이다. 텔레비전 볼 때도 복싱, 레슬링 이런 것밖에 안 본다. 싸움은 야만적인 행위이다. 그 행위를 즐겨 하는 언니는 야만인이다. 언니의 주먹 자랑은 유치원으로 거슬러 올라간다. 남자애들이랑 무슨 주먹싸움을 그렇게 많이 했던지 얼굴에는 상처가 가실 날이 없었는데 상대편 남자애가 더 맞고 오는 탓에 우리 집엔 남자애의 엄마가 수시로 들락거렸다. 엄마는 연고 값을 달라는 남자애 엄마에게 언니가 맞은 곳을 뻥튀기 해가며 "남자와 여자가 같으냐!"는 식으로 밀어붙였다.

초등학교 점심시간, 운동장 한복판에서 싸우는 애들이 꼭 있다. 가서 구경하면 어김없이 언니가 있었다.

옛날에 언니는 좀 무식하게 싸웠다. 그러니까 발로 차고 주먹질을 하며 뒹구는 싸움이었다. 언니의 말에 의하면 자신의 주먹이 자기도 신기하다고 했다. 날릴 때마다 과녁에 딱딱 들어맞는다는 것이었다. 언니는 중학교를 가서도 친구가 자신의 뺨을 때렸을 때 자기는 주먹을 날렸다고 했다. 언니는 중학교 2학년부터 주먹질을 그만뒀다. 더 이상 주먹을 써선 곤란한 나이가 됐다는 걸 체감한 것이었다. 언니는 주먹 대신 말발로 나갔다. 그렇다고 언니가 학교 짱이거나 노는 애였다는 건 아니다. 언니는 그런 애들과도 친했지만 그렇지 않은 애들과도 친했다. 하지만 내가 볼 때 언니는 말발이 좋기보단 억지를 잘 부린다. 이런 언니 밑에서 사는 나는 오늘도 불쌍하게 책이나 치우고 있다.

다음 날 학교를 가려는데 언니가 나를 불러 세웠다.

"야, 권지연."

깔고 말하는 저 목소리. 언니에겐 분명 남성호르몬이 득실득실할 것이다.

"왜."

내 목소리에서 짜증이 배어 나왔다.

"등단했다고 어제 상금 나왔는데 선물이다. 받아라."

언니가 흰 봉투를 툭 던졌다. 그리고 나를 밀치고 먼저 나갔다. 폼을 보니 또 복싱장에 가는 것 같았다. 내일이 대회라고 했다. 그래서 아빠와 엄마가 부산에서 올라오기로 했다. 나는 언니가 준 흰 봉투를 챙겼다. 배추이파리 몇 장 들어 있으려나. 흐물흐물한 지폐가 아닌 빳빳한 종이가 두 장 잡혔다. 일 십 백 천 만 십만 백만? 백만 원짜리 수표가 두 장이나 들어 있다. 와우. 역시 언니가 최고야. 우리 언니는 역시 통이 커. 권혜미 언니가 내 언니여서 참 좋다. 방금까지만 해도 언니를 욕하던 나는 온데간데없었다.

갑자기 횡재한 기분이다. 아니, 횡재한 게 맞다. 이걸로 뭘 하지? 백화점에 가서 옷을 잔뜩 살까? 아, 사고 싶은 게 생각났다. 예전부터 봐뒀던 것이 있다.

학교 식당에서 레종과 성미와 밥을 먹었다. 세 명이 모인 우리 자리에서 빛이 나는 것 같다. 모든 남학생들이 우리 쪽을 힐끔거리며 밥을 먹는다. 밥 먹기 전 레종은 분명 청바지를 입었던 것 같은데 밥을 먹고 있는 지금은 미니스커트를 입고 있다. 남자들의 시선이 자꾸 레종에게 가는 것이 느껴졌다.

"오늘 밥 먹고 뭐 해?"

"난 약속이 있어."

레종이 답했다.

"성미 넌?"

"계획 없는데."

"잘됐다. 나랑 쇼핑하러 가자."

밥을 다 먹고 식판을 치우고 있는데 쿵쿵이와 페라리 씨가 걸어왔다. 둘은 자신들이 투톱이라는 걸 아는지 어울려 다닌다. 둘의 몸 전체에서 빛이 뿜어져 나오는 것 같았다. 쿵쿵이가 내게 말을 걸었다.

"너희 언니 작가라며?"

"어. 언니 작가야. 상금 탔다고 나한테 용돈도 줬어."

나는 예쁘게 웃으려고 노력했다. 페라리 씨가 물었다.

"얼마 줬는데?"

나는 검지와 중지를 들어 보였다.

"이만 원?"

나는 고개를 흔들었다.

"이십만 원?"

고개를 또 흔들었다.

"이백만 원?"

고개를 끄덕였다.

"야, 너희 언니 대박이다. 얼굴도 귀엽던데."

쿵쿵이가 들뜬 얼굴로 말했다.

"뭐?"

언니가 귀엽다는 말에 나도 모르게 성질이 나왔다.

"그래. 물론 니가 한 수 위지."

쿵쿵이가 말을 정정했다. 올라갔던 눈초리가 다시 내려왔다. 쿵쿵이와 페라리 씨까지 언니를 알다니 갑자기 언니가 멋있어 보인다. 역시 언니는 글을 잘 써. 대단한 사람이야. 어린 나이에 등단하고 동생에게 용돈도 주다니. 나는 참 괜찮은 언니 밑에 있는 거야. 어떻게 보면 언니는 아내를 때린 후 돈으로 무마하려는 남편처럼 느껴졌다. 너무 비유가 심했나? 아무튼 언니는 종잡을 수 없는 인물이다. 그리고 확실히 언니보다는 내가 예쁘다.

신세계 백화점 명품관으로 간 우리는 진열돼 있는 가방을 차례대로 구경했다. 명품관을 다 돌아본 나는 샤넬 매장에서 앙증맞은 백을 210만 원에 샀다. 수표와 현금을 냈다. 이번 달 용돈에서 10만 원이 빠져나가는구나. 하지만 어쩔 수 없다. 이번 달에는 라면이나 먹고 살아야겠다. 나에겐 샤넬 백이 더 중요하다.

"인간은 생산도 해야 하지만 소비도 해야 해. 생산을 하면서 받았던 스트레스를 소비로 해소한다고나 할까."

성미는 오늘따라 지적인 말을 한다. 얼굴에 어울리지 않게 왜 그러는지 모르겠다.

"나는 요런 가방을 이렇게 비싼 가격에 사는 거 보면 이해가 안 돼. 명품 가방을 살 바에 차라리 턱을 깎겠어."

"정신 차려. 턱은 더 비싸."

사실 턱을 조금 깎고 싶다는 생각을 한 적이 있었다. 하지만 휴학도 해야 하고 돈도 있어야 하고 엄마가 안 해줄 것 같고 사람들이 알아보면 쪽팔릴 것 같고 실패할지 걱정도 되고 사실 지금도 얼굴이 베스트 오브 베스트이긴 해서 안 하기로 했다. 나는 수표 뒤에 내 이름을 쓰고 주민번호를 썼다. 이런 걸 써보긴 처음이다.

우리는 쇼핑을 마친 뒤 '콩다방'에 갔다. 아메리카노 두 잔을 주문하고 자리로 오자 성미는 잡지를 뒤적이고 있었다.

"야, 이거 너희 언니 아냐?"

"갤러리아에서 촬영했다고 하던데."

"이거 얼루어야."

얼루어에서도 촬영을 했었나? 갤러리아 때와는 다른 옷을 입고 있었다. 머리도 달랐다. 약간 웨이브 진 머리였다. 내게 말도 안 하고 얼루어에서 찍다니. 속눈썹이 장난 아니게 긴데? 입술에 바른 루즈도 내가 좋아하는 바비 브라운 제품인 것 같다. 또 협찬 받아서 공짜로 했겠지? 나도 정샘물에서 협찬 받아서 머리도 하고 화장도 하고 싶다. 하지만 작가가 될 수도 없으니 돈 내고 해야 할 수밖에 없다. 살짝 언니가 부러웠다.

쇼핑을 마치고 독서실에 들렀다. 독서실 카운터에 사람이 있었다. 나는 미인계로 양해를 구한 후 남자 독서실로 들어갔다. 재승이는 각 잡힌 자세로 공부를 하고 있었다. 오랜만에 그런 재승이의 모습을 보니 안심이 되었다. 재승이는 내가 사온 군것질거리와 음료수를 보더니 눈동자가 커졌다. 재승이는 편입 준비를 시작함과 동시에 몸무게가 급속도로 늘어났다. 조금만 더 살이 찌면 다이어트하라고 할 생각이다. 그래도 살이 찌면 쿵쿵이 사진을 꺼내며 긴장하라고 말할 생각이다. 사실 재승이가 공부에 찌들어서 그렇지 예전엔 쿵쿵이만큼 잘생겼었다. 내가 눈이 좀 높다. 재승이는 내일 모의고사를 본다고 했다. 제발 이번엔 점수가 올라야 할 텐데. 재승이 부모님의 심정을 십분 헤아릴 것 같다.

"가방 새로 났어?"

재승이는 휴게실에 들어가자마자 물었다.

"언니가 사줬어."

"너희 언니 신문에 났더라."

"신문 보지 말고 공부나 해."

어디든지 언니 이야기뿐이다. 기분이 좋긴 한데 한편으론 이상하다. 재승이는 샤넬 가방이 신기한지 이리저리 만져보았다.

"이게 왜 그렇게 비싸? 그냥 똑같은 가방으로 보이는데."

"촌티 나는 말 좀 하지 마. 넌 명품을 몰라."

언니는 이 가방을 보고 어떤 반응을 보일까. 나는 내심 궁금해졌다. 과연 집에 갔더니 언니는 샤넬 가방을 보며 침을 한 바가지 튀겼다. 가방은 자고로 가볍고 튼튼하고 물건 담기만 좋으면 되지 몇백이나 하는 가방을 왜 샀냐는 것이다. 브랜드 이름을 200만 원이나 주고 사고 싶으냐고 언니는 혀를 찼다. 나는 한마디 한 후 내 방으로 도망쳤다.

"이 샤넬 가방 가볍고 튼튼하고 물건 담기 좋아."

권혜미 | **진짜 루저는 권지연**

 복싱 대회가 열리는 날이다. 엄마와 아빠는 기차를 타고 경기도 일산까지 올라왔다. 솔직히 부모님께 맞는 걸 보여준다는 게 창피하다. 내 주먹도 한주먹 하지만 나도 맞는다는 건 자명한 일이다. 조용히 친구들만 불러서 넘어가려고 했는데 권지연 저게 입을 나불댔다.

 마우스피스를 꼈다. 머리 보호대를 하고 가슴, 팬티 쪽도 착용을 했다. 상대방을 보지 말고 가라. 단장님이 조용하지만 묵직한 음성으로 말했다. 1라운드가 시작됐다. 1분 30초 안에 끝나는 경기지만 이게 아무 생각 없이 지나가는 1분 30초와 차원이 다르다. 어찌 보면 1분도 길게 느껴졌다.

 나의 주먹과 다르게 상대편은 게임도 안 됐다. 배운 동작들을 골고루 써먹으니 상대방은 1분 30초가 되기도 전에 뻗어버렸다. 상대는 2라운드에서 기권했다. 싱거운 게임이었다. 엄마와 아빠의 환호 소리가 들렸다. 권지연이 손뼉을 치며 기뻐하는 모습이 보였다.

두 번째 경기가 시작됐다. 역시 단장님이 말한 대로 상대방을 보지 않고 나갔다. 나는 이미 자신감에 한껏 고무돼 있었다. 누구든 오기만 해라. 나의 펀치를 보여주마. 끝장을 내주겠다. 주먹의 승자. 권혜미. 좋아하는 것은 잘해야 한다. 잘하는 순간 그 좋아함을 잃어버리게 되므로 잘할 때까지 좋아해야 한다. 아자! 나는 속으로 기합을 넣었다. 나는 링에 올라가자마자 아연실색하고 말았다. 일단 키에서 밀렸다. 키가 큰 것은 물론이거니와 눈빛이 아주 강렬했다. 몸집도 내 두 배는 되어 보였다. 싸움에서 기선제압을 하기 위해선 눈깔부터 깔게 만들어야 하는데 이건 뭐 기도 못 펴겠다. 호르몬은 여자일지 모르나 몸뚱이로 보아선 건장한 남자다. 나는 오금이 저렸다. 아니나 다를까. 나는 주먹 몇 방에 골로 가버렸다. 상대편의 눈동자를 보니 어떤 동작을 써야 할지 생각도 나지 않았다. 머릿속이 백지장처럼 하얘졌다. 1라운드를 마칠 때쯤 렌즈가 빠지고 잇몸에서 피가 나는 등 내 몸은 만신창이가 되었다. 많이 맞아서 토할 것 같았다. 정신을 차릴 수가 없었다. 비틀거리면서 내려왔다.

셔터 누르는 소리가 들렸다. 이런 처참한 몰골을 찍는 정신 나간 관중은 누구야. 나는 부어서 안 떠지는 눈을 억지로 떴다. 권지연이 카메라를 들고 실실 웃고 있었다. 미친년. 나는 간신히 화장실로 갔다. 문을 잠그고 변기에 앉으려고 했지만 그마저도 쉽지가 않았다. 머리가 어지러워 아무것도 할 수가 없었다. 나는 화장실 바닥에 철퍼덕 주저앉았다. 렌즈가 빠진 탓에 눈이 잘 보이지도 않았다. 한참을 그러고 가만히 있었다. 그러면서도 묘한 쾌감이 느껴졌다. 이렇게 시원하게 한판 뜨고 나니 후련한 기분이었다.
"으하하하하하."
나는 웃을 힘이 없으면서도 웃음이 나왔다. 졌음에도 불구하고 기분이 좋았다.

부모님은 오늘 하루, 지연이와 내가 사는 투룸에서 묵고 가기로 했다. 아빠와 엄마는 나의 얼굴을 보며 걱정을 했지만 나는 피만 조금 흘렸을 뿐 아무렇지 않다고 했다.
"엄마, 언니 이 사진 진짜 웃기게 나왔어. 키킥."
"누가 그딴 사진 찍으라대? 남은 사경을 헤매고 있었구만."
나는 카메라를 확 빼앗았다. 나의 모습은 내가 봐도 처참하고 불쌍하기 그지없었다. 권지연이 계속 키킥거리며 웃어댔다. 저건 웃음마저도 가식이다. 권지연으로 말할 것 같으면 가식의 진수를 보여주는 인간이다. 언행불일치의 대표 주자이다. 한마디로 표리부동하기 짝이 없다. 일단 사람 앞에선 벌벌 기며 잘한다. 그리고 뒤에 가서 뒤통수를 친다. 나는 늘 그 뒤통수를 맞아온 사람이다.

저녁이 되자 오랜만에 한 가족이 모여 식사를 했다. 부모님이 일산에 상경한 딸들의 집에서 밥을 먹기는 처음이었다. 아빠는 나를 보며 말했다.

"너는 이제 작가니까 함부로 행동을 해선 안 된다."

"그럴 것까지 있겠나."

"넌 이제 귀한 몸이다. 다시는 권투 같은 거 하지 마라."

아빠는 내가 작가가 된 이후로 나보다 더 기고만장해져 있었다. 어찌나 내 자랑을 해대는지 아빠의 친구와 통화를 한 적이 한두 번이 아니었다. 내가 아빠 친구와 무슨 할 말이 있겠는가. 더군다나 나는 어른 대하는 것을 어려워한다. 아빠는 친구가 내 딸과 통화하기를 간절히 바라기 때문이라지만 실상 그렇겠는가. 아빠 친구는 '권 작가님 대단하세요' 같은 말들로 통화를 시작했다. 그러면 난 겸손을 떨었다. '아, 그게 어쩌다 그렇게 잘됐네요' 이런 식이었다. 그런 말들이 반복되면 지겨워지기 마련이었다. 그럴 때쯤 아빠 친구는 아빠에게 전화 바통을 넘겼다.

다른 사람들에 비해 권지연의 밥 먹는 속도가 두 배쯤은 빨랐다. 원래 저렇게 밥을 빨리 먹는 인간이 아닌데. 나는 미심쩍었지만 아무 말도 하지 않았다. 저녁상을 물리고 나자 권지연은 화장실로 가서 머리를 감기 시작했다. 저녁 때 머리를 감으면 백 프로 나이트 직행이다.

"야. 니 왜 이 시간에 머리를 감는데?"

엄마가 지연이에게 한마디 했다.

"잠깐 친구 만나기로 했어."

친구 같은 소리 하고 있다. 나이트가 니 친구냐? 그래. 너한테는 친구겠다. 일주일이 멀다 하고 만나니까.

권지연은 화장실에서 수건으로 머리를 틀어 말린 채로 나오더니 자기 옷장을 뒤적거렸다. 내가 이렇게 서 있기 때문에 내 방엔 출입을 할 수도 없을 것이다.

"지연이는 바쁘니까 혜미 니가 이 앞에 나가서 두부 좀 사와라."

왜 이때 하필 심부름거리가 생기는지 모르겠다. 원래 같았으면 권지연에게 떠밀었겠지만 저 인간이 진짜 바쁜 것 같긴 하니 그럴 수도 없다. 나는 엄마에게 돈을 받은 후 밖으로 나갔다. 요 앞 상가는 마침 문을 닫은 상태였다. 다음 슈퍼는 이마트인데 10분 정도 걸렸다. 간 김에 시식도 하고 구경도 할 겸 이마트로 가기로 했다. 나는 지하에 있는 식료

품 코너에 가 장바구니에 두부를 담았다. 그 후 소시지니 부침개니 돈가스니 하는 것들을 하나씩 집어 먹었다. 과자도 몇 개 샀다. 화장품 코너에선 선크림도 세 개 샀다. 나는 선크림을 매일 쓴다. 권지연은 이걸 보고 미쳤다고 하지만 나는 눈두덩에 반짝이 같은 걸 바르는 권지연이 더 이상하다고 생각한다. 자외선이 노화의 주범이다. 그래서 난 화장은 안 해도 선크림을 꼭 바른다. 심지어 외출하지 않을 때도, 집에서도 바른다. 그러나 권지연은 그렇지 않다. 화장을 밀가루처럼 떡칠해서 밤새도록 논다. 그게 얼마나 피부를 상하게 하는 행동인지 모르는 모양이다.

집으로 돌아오니 권지연은 이미 나가고 없었다. 나는 두부를 엄마에게 준 후 과자를 들고 내 방으로 왔다. 권지연은 내 과자도 말하지 않고 훔쳐 먹는다. 말하고 먹으면 아무 말 안 하겠다. 왜 남의 과자에 손을 대느냔 말이다. 그 행동이 괘씸해 나는 며칠 전부터 과자를 내 옷장에 숨겨두고 먹는다. 옷장을 연다. 열두 개다. 옷걸이에 걸려 있는 옷이 열두 개밖에 안 된다. 분명 열세 개였는데. 내가 얼마나 노이로제에 걸렸으면 걸린 옷 수까지 외우겠는가. 갑자기 머리에 열이 확 올라왔다. 저게 이 틈을 타 또 내 옷장을 습격한 것이다. 아무리 지랄을 해도 듣질 않으니 속이 터질 노릇이다.

엄마와 아빠는 동생 방에서 자기로 했다. 어쩔 수 없이 동생은 내 방에서 자야 한다. 이 인간이 언제 올지 모르겠다. 나는 지연이가 나이트에 갔다고 이를까 하다가 관뒀다. 오늘은 부모님이 있는 날이므로 일찍 귀가할 게 뻔하다. 이르면 나만 바보가 되는 것이다.

열두 시가 다가오고 있었다. 슬슬 잠이 왔다. 불을 끄고 잘 준비를 해야 하는데 왜 이 인간은 안 오는 거야. 나는 불을 꺼야겠다는 생각을 하다가 잠이 들고 말았다.

다음 날 아침.

거실이 시끄러워 잠에서 깼다. 내 방에서 권지연이 자고 있었다. 언제 와서 잔 거지? 시끄러운데 깨지도 않네. 거실로 나갔다. 아빠가 엄마에게 한소리 하고 있었다.

"당신은 도대체 애 교육을 어떻게 시킨 거야?"

"걔가 원래 싸가지가 없어서 내 말을 안 듣잖수."

"니 동생 진짜 안 되겠다."

아빠는 한마디 한 후 씻으러 화장실로 직행했다.

"아빠 왜 저라는데?"

"어제 너거 아빠가 화장실 간다고 새벽에 깼는데 니 방에 불이 켜져 있길래 꺼줄라고 갔단다. 근데 너거 동생이 안 보이는 기라. 그렇다고 우리 방에 있는 것도 아이고. 그래서 내보고 일어나보라고 해가지고 오만 소릴 다 하는 거라. 어딨는지 빨리 전화해보라느니, 애가 잘못된 거 아니냐느니, 이렇게 늦게 귀가하는데 당신은 뭘 했냐느니, 자식 교육을 잘못 시켰느니, 미국에 보내는 게 아니었느니, 어쩌고저쩌고 해서 내가 너거 동생한테 전화를 했다이가. 그런데 이 인간이 어디서 뭘 하고 있는지 안 받는기라. 그래서 내가 문자를 보냈다. '언제 올 거냐'고. 그러니까 뭐라고 왔는 줄 아나?"

"뭐라고 왔는데?"

"'몰라'라고 왔다."

역시 권지연이군. 그놈의 '몰라'에 내가 한두 번 당한 게 아니었다. 그놈의 몰라, 이제는 지긋지긋하다. 권지연은 평소 누구보다도 효녀였다가 돌아서면 돌변하는 식이다. 엄마 아픈 데는 없어? 아빠 어깨 주물러줄까? 엄마 내가 도와줄게, 이런 말 해놓고 돌아서면 지 꼴리는 대로 하는 식이다. 나는 효녀 소리를 듣지 않지만 배신도 안 한다. 차라리 내가 낫다.

"그래서 어떻게 됐는데?"

"아침 다 돼서 들어왔는기라. 그래서 엄마랑 아빠랑 엄청 뭐라 했지. 어디 여자가 새벽까지 싸돌아다니고 생각 없이 행동하느냐고. 엄마가 오밤중에 언제 들어올 거냐고 물었는데 '몰라'가 될 법한 소리냐고 막 그렇게 혼을 냈더만 뭐라는 줄 아나?"

"뭐라는데?"

"이제 자기는 성인이니까 내버려두란다. 자기 삶에 개입하지 않았으면 좋겠단다. 이게 말이가?"

미국 물을 먹더니 정신줄을 놓아도 단단히 놓은 모양이군. 여기가 미국인 줄 아나? 나는 엄마에게 권지연의 앞뒤가 맞지 않는 모습을 콕콕 집어냈다.

"성인이니까 상관 말라 했다고? 그럼 용돈도 주지 마라. 성인이면 권리만큼 의무도 이행해야 한다이가? 그년 용돈 한 달 끊어뿌라. 지가 돈 벌어 쓰라고 해라."

"동생한테 그년이 뭐고? 이거는 말하는 꼬라지하고는. 아무튼 그러면서 니랑 또 비교를 하는 거라. 언니는 밤에 외박해도 아무 말 안 하면서 왜 자기만 들들 볶느냐는 거다."

"지금 장난하나? 지랑 내랑 급이 같나? 권지연, 가는 지금 학생이다이가. 돈 벌고 직장인 돼가 정정당당히 놀란 말이다. 그리고 난 놀러갈 때 행선지 다 말하고 간다이가. 어디에 가는데 몇 시에 올 것 같다고 언질 하고 가는데 권지연은 안 그런다이가? 어따 나랑 비교하고 있노."

나는 갑자기 열이 확 받았다.

"너희 동생 때문에 내가 아빠한테 어제 달달 볶였다."

나는 엄마의 푸념을 들어주며 이른 점심을 먹었다. 권지연은 느지막이 일어나더니 밥 먹을 시간 없다며 부랴부랴

머리를 감고 화장을 했다. 차라리 화장할 시간에 밥을 먹겠다. 밥을 다 먹고 내 방으로 가는 길에 동생 방에 슬쩍 눈길을 줬다. 권지연은 아이라인에 마스카라까지 하고 있었다. 지각할 것 같다는 인간이 제정신인가 의문이다.

과자를 먹기 위해 옷장 문을 열었다. 어디서 담배 냄새가 난다. 권지연이 입고 간 후 걸어둔 옷에서 담배 냄새가 풀풀 났다. 나이트에 간 게 분명한가 보다. 아까보다 열이 받았다. 머리 뚜껑이 날아갈 것만 같다. 현관에서 막 구두를 신는 동생을 보면서 아빠가 소리 질렀다.

"앞으로 외박하면 권 작가는 꼬박꼬박 아빠한테 일러라. 저거는 정신이 빠져가지고 말이야."

옆에서 엄마가 거들었다.

"이번에도 성적 떨어져서 장학금 못 받으면 니 방학 때 용돈은 니가 벌어라."

마지막으로 내가 말했다.

"감히 내 옷을 입고 안 입은 척 다시 걸어놔? 담배 냄새 쩔게 맞고 싶나?"

더 말하려는데 권지연이 듣기 싫다는 얼굴 표정을 지으며 확 나가버렸다.

이 인간은 늘 이런다. 순간을 모면해버린다. 그리고 나중에 언제 그랬냐는 듯이 웃으며 잘해준다. 사람 감정 가지고 장난치는 것도 한계가 있다. 더 이상 내 옷에 손대게 할 수 없다. 조치를 취해야 한다. 내가 왜 얘 때문에 이런 걸로 스트레스 받아야 하는지 모르겠다. 과자 봉지를 뜯어 하나 먹었다. 스트레스 받으니까 맛도 느껴지지 않는다. 엄마와 아빠가 부산으로 내려갈 채비를 했다. 나는 무슨 맛이 나는지도 모르는 과자를 먹으면서 부모님을 배웅했다.

*

칼럼 청탁을 받았다. 무엇이든 써도 된다고 해서 더 난감하다. '소설이 나오기까지'라는 제목으로 칼럼을 쓰기 시작한다.

소설을 쓰기 시작하면 바깥출입을 자제한다. 나가면 쓰고자 하는 내용과 세상사가 뒤엉켜버린다. 누군가와 만나는 것도 꺼린다. 소설을 쓰는 동안은 소설 속 인물과 내가 동일시되어야 한다. 연기에 몰입하기 위해 사생활을 자제하는 배우처럼 나는 은둔 생활을 한다.

여기까지 쓰고 나자 다음에 써야 할 칼럼 소재가 떠오른다. 나는 메모를 한다. 문이 열리는 소리가 들린다. 권지연이 온 모양이다. 나는 목소리를 깔고 말했다.

"내가 집 청소 했으니까 니가 빨래해라."

"내가 하고 싶으면 할 거거든."

"하라면 할 것이지. 뭐가 말이 많노? 그리고 그놈의 '거거든' 좀 닥칠 수 없나?"

"언니도 청소하고 싶으니까 했잖아? 나도 하고 싶으면 할 거거든."

저게 한 개도 지려고 하지 않는다. 혼자 글을 쓸 땐 평정심을 유지한 채 썼는데 다시금 짜증 지수가 올라간다. 나는 쓰다 만 칼럼을 저장한 뒤 부엌으로 갔다. 냉동실에서 돼지 껍데기를 꺼냈다. 돼지 껍데기에 콜라겐이 많이 들었단 말을 듣고 정육점에서 사버렸다. 싸기도 해서 많이 샀다. 이 많은 걸 언제 다 먹을지 걱정이다. 나는 국을 만들기로 했다. 돼지 껍데기를 물에 씻었다.

"앗, 시발."

나는 깜짝 놀란 나머지 욕을 하고 말았다. 동생은 난데없이 들려오는 내 욕설을 듣고 달려왔다.

"왜? 손가락이라도 베인 거야?"

"돼지 껍데기에 젖꼭지가 있다. 한두 개가 아이다. 자그마치 열두 개다. 으 징그러버라!"

나는 한쪽 눈을 감고 돼지 껍데기를 아무렇게나 잘라버

렸다. 그리고 끓는 물에 퐁당퐁당 넣었다. 양념을 넣고 대충 요리가 끝났다. 잠시 후 나와 동생은 밥상머리에 앉았다.

돼지 껍데기를 너무 많이 넣었나 보다. 국이 미친 듯이 느끼하다. 느끼한 걸 좋아하는 내가 이럴 정도면 말 다 한 거다.

"언니. 너무 느끼해서 못 먹겠다."

정성들여 한 돼지 껍데기 국을 동생이 내 앞으로 내밀었다.

"야. 이게 콜라겐 덩어리라카이. 니 눈가 주름 펴주는 금 같은 음식이라고."

"그래?"

동생은 국을 다시 자기 앞으로 당기더니 먹기 시작했다. 나도 꾹 참고 먹었다. 주름이 펴진다, 주름이 펴진다, 주름이 예방된다, 에스티로더 같은 화장품이다, 랑콤 같은 화장품이다, 이 국은 맛있다, 존나 맛있다, 나는 최면을 걸며 먹었다. 권지연도 똑같은 심정이리라.

후두둑. 빗소리가 창 밖에서 들려왔다. 비가 오나 보다. 가을비다. 이 가을비가 내리면 반짝 추위가 찾아오겠지.

"우리 동네에 폐휴지 줍는 남자 있잖아. 그 남자가 노래만 부르면 그다음 날 꼭 비가 오더라. 어제 그 남자 봤는데 노래 부르던데."

동생이 말한다. 나도 몇 번 본 적이 있다. 다음엔 그 남자를 만나면 유심히 관찰해야겠다. 빗소리를 들으며 계속해서 밥을 먹는다. 청량한 빗소리가 돼지 껍데기 국을 먹는 우리들 혀를 씻어주는 듯하다.

4

권지연 - 언니는 인간이 아니다

권혜미 - 동생은 가식의 대마왕

권지연 | **언니는 사람이 아니다**

앞으로 밥을 따로 먹든가 해야겠다. 언니의 잔소리는 진짜 끊이지가 않는다. 나이트에 놀러 갔을 때 입었던 옷에 반짝이가 묻었다며 그걸로 20분을 잔소리했다. 내가 반짝이 립글로스를 쓰긴 한다. 그게 좀 찐득찐득하다. 그래서 손에도 잘 묻고 옷에도 잘 묻는다. 내가 자기 옷에 반짝이 묻힌 걸 어떻게 찾아냈는지 참 용하기도 하다. 그걸로 밥상머리에서 한참 잔소리를 했다. 국을 맛있게 했음 말도 안 한다. 더럽게 맛도 없는 데다가 잔소리까지 들으니 미칠 것 같았다. 그렇게 혼낸 것까진 괜찮다. 언니 방에 들어선 순간 난 입이 딱 벌어지고 말았다. 언니가 드디어 제대로 미쳤다. 옷장에 자물쇠를 채워놓은 것이다. 인간으로서 저게 할 짓인가.

언닌 사람이 아니다. 어쩜 한집에 살면서 저렇게 야박하게 굴 수가 있냔 말이다. 내가 무슨 밖에서 낳아 온 이복동생도 아니고 같은 피를 나눈 자매로서 어쩜 저럴 수가 있냔 말이다. 언닌 늘 내가 옷을 몰래 입은 걸 가지고 혼을 낸다. 왜 말하고 입지 않느냐, 말하고 입으면 입게 해줄 걸 왜 그러냐고. 하지만 언니는 말하면 빌려주지 않는다. 어떻게든 변명을 대며(한 번도 못 입었다느니, 이건 비싼 거라느니) 못 입게 한다. 더 이해할 수 없는 건 아까도 말했듯이 언니는 예쁜 옷을 사면 입질 않는다. 관상용이라는데 옷이 무슨 인형인가? 왜 그런 황당무계한 생각을 하는지 모르겠다. 자기가 입지도 않으면서 왜 샀으며, 왜 내게 빌려주지도 않느냔 말이다.

오늘 아침에는 엄마랑 아빠랑 언니, 이렇게 세 명이서 나에게 연신 따발총을 쏘아대는데 아주 죽는 줄 알았다. 다들 나를 잡아먹지 못해 안달이다. 셋이서 짜고 작당을 한 것 같았다. 학교 갈 때 우울해서 계속 우울한 노래만 들었다. 어제는 조금만 놀다가 집에 가려고 했다. 그런데 나이트 화장실 청소하는 아줌마가 나를 붙잡았다. 어젠 사람들이 많았는데 오늘은 사람이 없다며 더 놀고 가라는 것이었다. 나는 화장실에서 가방을 챙기는 중이었.

"왔으면 신나게 놀다 가야지. 벌써 가면 섭하제."

그 아줌마의 꼬드김에 넘어가 결국 난 친구와 밤샘을 하고 말았다. 책임은 순전히 화장실 청소 아줌마한테 있다. 다음에 만나면 한마디 해야겠다.

나는 나이트에서 만났던 남자 번호를 지운다. 불현듯 미국 버스 정류장에서 만났던 그 사람이 떠오른다. 잘 지내고 있을지 모르겠다. 지금 무얼 하고 있을까? 시차가 다르니 잠잘 시간인지도 모르겠다. 미국에서의 생활을 돌이켜보면 고생도 했지만 나름대로 그리움이 묻어 있는 시절이었다.

나이트에서 밤새도록 논 탓에 학교 수업은 제대로 듣지도 못했다. 집에 온 지금도 졸린다. 그래도 책을 폈다. 공대 공부는 너무 어렵다. 군대 갔다 와서 머리 굳은 남자들을 이기기 위해서, 술에 빠져 희희낙락하는 남자들을 이기기 위해서, 예쁜 애는 머리도 똑똑하다는 걸 보여주기 위해서, 장학금을 받아서 명품 가방을 사기 위해서 나는 오늘도 빡세게 공부를 한다.

집중이 마악 되려고 할 때였다. 전화벨이 울린다. 발신자는 엄마였다.

"여보세요."

"지연아, 내가 이제 너거 집에 못 놀러 가겠다."

"왜."

"오늘 니 학교 갔을 때 너거 언니가 내한테 우찌나 잔소리를 해대는지. 집에서 나가기 직전까지 멈추지를 않더라. 가는 시엄마보다 더한기라."

"언니 그러는 게 한두 번이야? 난 포기했어."

"내가 너거 집 화장실을 좀 썼더만 우찌 그리 잔소리를 하는지. 욕실 신발에 왜 물을 묻히느냐고 뭐라 해서 신발을 세워놨더만 문지방에다 세우면 물이 떨어져서 안 된다고, 벽에다 세우라고 하는 기라. 그냥 좀 세우면 안 되나? 또 있다. 내가 비누로 손 좀 씻었더만 그건 얼굴 씻는 비누라면서 손 씻는 비누는 저건데 왜 이걸 쓰느냐면서 뭐라 하는 기라. 그라몬 좀 미리 말해주면 된다이가. 이것 말고도 많다. 샴푸랑 린스를 썼더만 자리를 왜 바꿔놨냐고, 어제도 엄마가 그래서 내가 린스를 샴푸처럼 썼다고, 거품이 안 나오더라고, 제발 제자리에 두라고 잔소릴 하질 않나. 기냥 넘어가면 될 거를 오만 소리를 다 하고 우찌 그리 엄마를 들들 볶는지 내가 서러워서 눈물이 다 나올라고 했다. 너거 언니는 완전 삼대 할매다."

"같이 사는 나는 어떻겠어. 나는 벌써부터 못된 시어머니를 모시고 사는 며느리가 된 기분이야."

"니도 너거 언니 비위 거슬리지 말고 잘 행동해라. 내처럼 욕 얻어묵지 말고."

"나니까 언니랑 사는 거야. 나니까 살아주는 거라고."

실컷 언니 욕을 한 후 엄마와 전화를 끊었다. 갑자기 기분이 좋아졌다. 역시 스트레스 푸는 데는 언니 욕이 최고다. 언니는 싸움뿐만 아니라 잔소리에도 일가견이 있다. 사람마다 라이프 스타일이 다른 법인데 무조건 자기한테 맞추라고 강요한다. 말이 안 통하고 상식이 안 통하는 사람이다.

물론 장점도 있다. 언니는 책임감과 생활력이 강하다. 인도 어느 사막에 뚝 떨어져도 잘 살 사람이다. 경제력도 똑 부러진다. 장점은 여기까지다. 단점은 셀 수도 없다. 일단 고집이 세고 자기 마음대로고 주관적이다. 세상이 자기중심으로 돌아가야 한다고 생각하는 사람이다. 그리고 말을 재수 없게 잘한다. 어찌나 그렇게 재수 없게 하는지 이렇게 하는 것도 재주라고 생각한다. 그래서 나에게 뭔가를 베풀 때에도 꼭 재수 없는 말을 해서 본전도 못 찾는다. 가만히 있으면 중간이나마 간다. 예를 들면 뭘 줄 때도 그냥 주면 될 걸, 니가 이랬기 때문에 내가 주는 거지만 더 이상 뭐는 없다, 이런 식이다. 가장 짜증 나는 건 자기가 부탁하는 입장이면서 명령조로 말할 때다. 그리고 내가 뭘 해주면 호의를 베푼 행동을 당연하게 생각한다. 니가 당연히 그래야지. 그럼 안 그러려고 했냐? 이런 식이다. 또한 가르치려 드는 게 선생님 같다. "할 거가 안 할 거가?", "언제 할 거고?" 이런 말을 제일 많이 듣는다. 언니는 선택하는 것에 대한 집착,

강박이 있나 보다.

이런 언니가 좋을 때가 딱 하나 있다. 갑자기 물건을 줄 때다. 립스틱이나 파우더니 이런 새 화장품을 그냥 준다.

언니가 방으로 들어오는 소리가 들린다. 또 무슨 꼬투리를 잡을지 긴장된다.

"마스크 팩 샀는데 같이 할래?"

언니는 마스크 팩을 무려 백 장이나 샀다고 한다. 역시 통이 크다. 하고 싶을 때 마음껏 쓰란다. 이럴 땐 언니가 좋다. 엄마보다 더 무섭고 더 많이 혼내긴 하지만 이런 면은 좋다. 언니 방에서 나란히 누워 마스크 팩을 한다.

"앞으로 나는 열한시 되면 잘 거니까 그 전에 들어온나. 만약 못 들어올 땐 몇 시에 들어올 거라고 문자 하고."

갑자기 언니가 옆에서 말도 안 되는 소리를 한다. 어이가 없다.

"왜 열한시 되면 잘 건데?"

"열시에서 새벽 두시 사이에 피부가 재생 작용을 한다대. 그래서 드라마 보고 열한시 되면 잘라꼬."

"왜 언니한테 열한시 넘어서 들어올 땐 보고해야 하는데?"

"내가 예민해서 잠에서 잘 깨니까 그날은 미리 언질 하라 이기다."

"난 시간 맞춰서 살기 싫거든."

"시간 보고 할 거가 안 할 거가. 지금 빨리 말해라."

언니는 이렇게 보채는 데 선수다. 생각할 시간을 줘야 하는데 무조건 지금 대답하라고 한다. 언니는 언제나 묻는 사람이고 나는 답하는 사람이다. 왜 언니의 물음에 재깍 답해야 하고 언니의 라이프 타임에 맞춰 살아야 하는지 모르겠다. 난 시간 같은 거 정하고 사는 사람이 아니다. 나는 랜덤에 어울리는 사람이다. 그런 거 정하고 집에 오기 싫다. 언니는 약속 만들기 대장이다. 그리고 무조건 자기랑 한 약속은 칼같이 지켜야 한다. 무슨 군대도 아니고 내가 왜 이렇게 살아야 하는지 모르겠다.

"일단 그렇게는 할게."

옆에 있는 주먹은 피해야 하므로 우선 그렇게 말한다.

선크림만 바르고 화장은 안 하는 언니를 이해할 수 없다. 피부를 가졌으면 화장도 좀 해야 할 게 아닌가. 나는 피부를 가꾸진 않지만 꾸민다. 아이섀도부터 아이라인, 마스카라까지 다 한다. 그래서 화장하는 데 시간이 좀 걸린다. 언니는 선크림만 딱 바르면 끝이다. 그것도 덕지덕지 발라서 얼굴에 백탁 현상이 일어나곤 한다. 아무리 봐도 언니는 인간이 아니다. 내가 나중에 결혼해서 시어머니 하나는 잘 모실 자신이 있다. 누구 때문? 난 이런 언니에게 고마워해야 하나?

권혜미 | **동생은 가식의 대마왕**

예전에 권지연과 얼굴을 맞대고 밥을 먹으면서 대화다운 대화를 잠깐 한 적이 있다. 나는 솔직한 편이라 아무 생각 없이 다 이야기했다. 권지연도 그때만큼은 솔직하리라 생각했다. 나는 편입 공부 중인 남자친구와 아직도 사귀는가 물었다. 그러자 동생은 헤어졌다고 했다. 나는 위로 겸 몇 마디를 했다. 그런데 알고 보니 둘은 헤어진 적이 없었고, 지금도 여전히 잘 사귀고 있다.

반대의 경우도 있었다. 중학교 때 권지연은 춤추는 날라리와 교제를 했는데 어찌된 판인지 놀아도 성적이 떨어지질 않았다. 나는 그게 배가 아파서 그놈과 헤어지라고 했고 권지연은 듣지도 않았다. 아주 예쁘게 잘 사귀고 있는데 웬

참견이냐는 것이었다. 난 언제까지 니들이 잘 사귀나 두고 보자고 속으로 칼을 갈았다. 그리고 권지연의 핸드폰을 몰래 훔쳤다. 날라리에게 거짓 문자를 보내어 사이를 갈라놓기 위해서였다. 그런데 목록엔 날라리의 번호가 없었다. 문자도 와 있지 않았고 통화 목록에도 없었다. 나중에 알고 보니 이미 다른 놈을 사귀는 중이었던 것이다. 그 날라리와는 빠이빠이 한 지 오래됐고 예비 양아치와 사귀는 중이었다. 이렇게 내게 진실이 아닌 구라를 친 적이 한두 번이 아니다. 나는 이것을 구라라기보단 가식이라고 칭하고 싶다. 인생 자체가 가식이다. 머리 써가면서 그렇게 사생활을 숨기고 싶나? 뭐가 그렇게 떳떳하지 못한 건지. 권지연이 가식적이니 친구들도 다 가식적일 수밖에 없다. 집에 자주 데려다준다는 그 페라리도 가식의 쌍수를 이룰 것이다.

어떻게 보면 내가 동생에게 거리를 두는 것 같지만 실상 거리를 두는 건 동생이다. 때때로 친근한 척 매달리는 척 하지만 자신의 이야기는 절대로 꺼내지 않는다. 내가 솔직한 고백을 다섯 개 정도 하면 그 인간은 한 개를 할까 말까다. 그 한 개마저도 현재 시점인지 의문을 품어봐야 한다.

열받는 생각은 그만하고 칼럼이나 아빠한테 보내야겠다. 아빠는 칼럼을 자기한테 검사 맡은 후 신문사에 넘기라고 했다. 아빠는 내가 작가가 된 이후로 부쩍 신경 쓴다. 이번

주는 인턴을 주제로 쓰기로 했다.

    요즘의 인턴은 예전의 그것과 개념이 다르다. 예전에는 정직으로 전환하기 전 단계를 인턴이라고 했지만 요즘은 일자리 창출의 개념으로 쓰이고 있다.
    그만둘 날짜가 정해져 있는 회사원이 어떻게 일에 열중할 수 있겠는가. 자기 회사라는 생각이 들지 않을 것이고 자연히 일의 능률이 떨어질 것이다. 열심히 한다고 해서 승진하는 것도 아니고 정직원이 되는 것도 아니니 애사심이 생길 리 없다.
    그러므로 일을 하는 동안에도 끊임없이 다른 곳을 모색하게 된다. 집에 돌아오면 구직 정보나 채용 사이트를 뒤적이는 게 인턴직의 현실이다. 임시방편 일자리. 이것이 일자리 창출인가? 눈 가리고 아웅 아닌가? 이러다가 나중엔 4대강에서 일하는 근로자로 전락해야 하나? 우리가 원하는 게 일용직이었나? 인턴이었나? 파란 지붕 이씨는 대운하 삽질에 열중할 것이 아니라 고용 시장 안정을 위한 근본적인 대책에 몰두해야 할 것이다.

나는 대충 읽어본 후 아빠 메일로 보냈다. 잠시 후 아빠에게서 전화가 왔다.

"대통령한테 파란 지붕 이 씨가 뭐야? 지금 장난하냐?"

"웃길라고 쓴 건데."

"그리고 회사 사장의 입장에서도 써야 할 거 아냐. 너의 눈은 지금 너무 한쪽으로 치우쳤다. 고용난을 위해 인턴을 실행할 수밖에 없는 정부, 인턴을 고용하는 회사의 입장, 회사에 들어가 일하는 인턴, 이 세 가지의 눈으로 치우치지 않게 바라보란 말이야. 다시 써서 아빠한테 검사 맡아라."

"내 친구들 지금 다 인턴이란 말이다. 내 시선은 이거다. 내는 못 고친다."

"고치라니까. 이건 아니다."

"그럼 아빠가 칼럼 쓰든가. 왜 내한테 그러는데! 이제부터 아빠한테 검사 안 맡을끼다."

나는 전화를 끊어버렸다. 짜증이 난다. 그냥 신문사에다 보내버린다. 신문사에서는 장난 같은 말이나 과격한 말은 삼가라는 메일을 보냈다. 예전에도 이런 적이 있었다. 이 신문사와 내 성향은 맞지가 않다. 중립을 지키며 쓰는 것 또한 어렵다. 젠장, 짜증 난다. 칼럼이 이렇게 사람을 골머리 아프게 하는 건지 몰랐다. 왜 자기 할 말을 못 하게 하냔 말이다. 우리나라는 표현의 자유가 있는 민주주의 국가가 아니던가?

저번에는 연예인을 깠더니(전지현보고 신비주의 그만하

라고 했었다) 이렇게 특정인을 대놓고 까는 글은 안 된다며 다시 쓰라고 요구했다. 다시 썼더니 이것도 정도가 심하다고 했다. 남을 까는 글을 써서 내 글도 까인 건가? 이렇게 되면 칼럼이라는 게 무의미하다. 신문사의 입맛에 맞는 칼럼을 쓸 수밖에 없다. 쩝. 다음 주엔 또 어떤 글을 써야 할지. 아무거나 써도 된다고 해놓고 왜 이렇게 제약을 하는지. 사실만을 말했을 뿐인데 왜 안 된다고들 하는지. 심슨 만화를 보면 심슨 엄마가 "클린턴 대통령은 나쁜 사람이다"라고 딸에게 말한다. 미국은 아이들의 만화에서조차 언론의 자유가 보장되는 나라다. 역시 미국은 선진국이다. 우리나라는 언제쯤 선진국 대열에 낄 수 있을지 의문이다. 미국에 비해 못 미치는 점들이 많긴 하지만 이런 깨어 있는 사고부터 배워야 할 것 아닌가.

생각을 많이 했더니 배가 출출하다. 벌써 저녁 시간이 됐나 보다. 라면이라도 끓여 먹을까. 매일 끼니때마다 뭔가를 만들어 먹을 생각을 하니까 귀찮다. 마치 주부라도 된 것 같다. 사실 주부 아닌 주부이긴 하지만 말이다. 권지연이 집에 거의 없는 탓에 반찬이나 국은 내가 만들어야 한다.

책임 의식이라고 해야 하나. 옛날엔 그런 생각을 종종 했었다. 내가 계획적인 인간이라 그런 상상까지 했는지 모르겠으나 만약 아빠, 엄마가 돌아가시고 나면 내가 동생을 책임져야겠다는 생각을 종종 했었다. 나는 배워도 안 배워도 거기서 거기인 머리이니 학교를 그만두고 동생 뒷받침을 해야겠다는 생각. 동생은 어릴 적 영재 소리를 들으며 자랐다. 그냥 똑똑한 정도가 아니었다. 초등학교 때 이미 중학교 공부를 하고 있었다. 나와 동생은 네 살 차이가 났다. 초등학교 4학년인 지연이는 중학교 2학년인 나보다 앞서나갔다. 내가 못 푸는 문제를 그 애는 풀어냈다. 동생은 나중에 남녀공학에 진학했다. 그리고 양아치 같은 애를 좋아하기 시작하면서 성적이 아주 조금 하락세를 보였다. 그래도 전국에서 놀았다. 전교에서 1등은 따놓은 당상이었다. 동생은 선천적으로 머리가 좋았다. 게다가 얼굴까지 예뻤으니 인기도 많았다. 특히나 노는 남자애들과 어울리면서 쿨하다는 소리까지 들었다. 그 애를 질투하는 여자들이 많았을 거란 건 안 봐도 비디오다.

　아기였을 적 누가 안 예뻤겠느냐마는 나는 특별히 예뻤다. 그 탓에 아기 광고 모델로 잠깐 활동한 적도 있었다. 물론 자의가 아닌 엄마 때문이었지만. 나는 커갈수록 점점 평범해지기 시작했다. 그에 비해 못됐게 눈초리가 올라갔던 동생은 점점 예뻐졌다. 어느 날 동생의 예쁨이 나의 예쁨을 추월했다. 어디 가서 추녀라는 소리는 안 듣지만 난 더 이상 예쁘다기보다는 귀엽다는 말을 듣게 되었다.

영재는 크고 나면 평범해진다는 말이 있다. 동생도 그러했다. 고등학교에 진학하고 나선 더 이상 영재 소리도, 천재 소리도 듣지 않았다. 하지만 늘 의대를 갈 정도의 성적을 받았다. 고등학교 모의고사도 역시나 전국에서 놀았다.

　그에 비해 나는 초라했다. 반에서 중간이나 하면 다행이었다. 그런 동생이었으니 내가 어찌 안 먹여 살릴 수 있었으랴. 나는 검정고시로 공부를 하면 될 테니 동생의 뒷바라지는 내가 하겠다, 의대까지 무사히 졸업을 시켜서 앞길을 트이게 하겠다, 하는 포부가 내게는 있었다. 뭘 바라고 그런 것도 아니었다. 난 언니니까 당연히 그래야겠다는 생각이었다. 생활력이 강한 탓일까. 나는 정말 그럴 수 있을 것 같았다. 하지만 부모님이 돌아가시는 그런 불상사는 없었고 나는 동생을 먹여 살리지 않고도 고등학교, 대학교까지 무사히 졸업을 했다.

　갑자기 옛날 생각을 더듬어보니 웃기다. 그러고 보면 우리는 고등학교 때까지 그리 싸우지 않았던 것 같다. 좀 친했던 것도 같다. 그때는 교복을 입고 있었기에 생각하는 틀도, 시야도 같았던가. 서로 공부한다고 많은 말을 나눌 수도 없었다. 동생과 한방을 쓰던 시절이 있었다. 한방이었는데도 따로 방을 쓰는 지금보다 덜 다퉜던 것 같다. 오늘 오면 좀 잘해줘야겠다. 동생이 좋아하는 김치찌개를 만들어야겠단 생각이 들었다.

칼럼을 저장하고 부엌에 갔다. 밥통을 열었다. 밥이 한가득이었다. 오늘 아침 내가 밥을 했었다. 나는 찌개를 만들기 위해 냄비에 물을 담았다.

"시발!"

개수대에 초라하게 던져져 있는 내 밥그릇을 본 건 그때였다. 밥그릇 옆에는 숟가락과 젓가락이 나뒹굴고 있었다. 동생의 밥그릇과 숟가락, 젓가락은 씻은 채로 식기건조대에 얹어져 있다. 경악할 만한 일이 아닐 수 없었다. 점심때 밥을 먹으면서 좀 싸우긴 했었다. 그런데 치사하게 복수를 이딴 식으로 한단 말인가? 우리는 한 사람이 밥을 안치면 나머지 사람은 설거지를 하기로 되어 있었다. 그런데 이게 감히 룰을 어겨? 지 것만 딱 설거지를 했단 말인가? 조금 전까지만 해도 옛 추억을 주억거리고 있던 나는 어디에도 없었다. 내 밥그릇만 쏙 남겨놓고 설거지를 해서 나를 엿 먹인 권지연에 대한 분노로 가득 차 있었다. 이런 년을 내가 뒷바라지한 거라고? 아까 했던 말은 취소다, 취소. 옛날에 했던 나의 생각도 무효다.

나는 초라한 내 밥그릇을 씻는다. 시간이 흘러서인지 밥풀이 잘 씻기지도 않는다. 설거지를 하고 있으면서도 열이 받는다. 이 인간 때문에 나의 평정심은 급속도로 무너졌다.

글을 쓰기 위해선 평정심을 되찾아야 하는데, 저녁 먹고 소설 쓰기는 글렀다. 내가 소설을 못 쓰게 된 건 순전히 권지연 때문이다. 내 밥줄이 뒤로 밀리게 된 건 순전히 권지연 때문이다. 어떻게 권지연에게 지랄을 해야 할지 생각했다. 냄비가 눈에 들어왔다. 이딴 찌개 만들 필요도 없다. 나는 냄비에 받았던 물을 거칠게 쏟아버렸다.

"이년을 그냥!"

나는 아무도 없는 집에서 혼자 밥을 먹다가 욕이 튀어나왔다. 입속에 있던 밥풀이 추리닝 보풀 일어난 곳에 붙었다. 나는 일단 문자를 보내기로 했다.

―니가 드디어 미쳤네. 어디 내 밥그릇만 쏙 빼놓고 씻노? 오늘 집에 오기만 해봐라. 니 목숨은 하나라는 걸 명심해라.

밥을 먹으면서 아무리 기다려도 권지연은 답문이 없다. 늘 이런 식이다. 내 말을 쌩깐다. 전화를 하면 받지 않는다. 엉큼하기 짝이 없는 년이다.

저녁이 돼서 권지연이 집으로 왔다. 나는 단단히 벼르고 있었다.

"감히 내 꺼만 남겨두고 설거지를 했다 이거가?"

"언니 있잖아, 나 태워준 페라리 씨가 언니 책 봤다는데 너무 잘 썼다면서 칭찬한 거 있지."

"그래서 어짜라고!"

"설거지 가지고 뭐라고 하지 마. 시간이 없어서 내 것도 겨우 한 거거든."

동생은 말꼬리를 내리며 말했다.

"그딴 변명 따윈 필요 없다!"

"그냥 언니가 해도 되잖아? 그리고 옷장에 자물쇠 달아놓은 건 뭐야? 진짜 유치하기 그지없거든!"

저게 복창 받치는 소리 하고 있다. 내가 오죽했으면 자물쇠를 달 생각을 했을까.

"주말엔 청소할끼다. 난 빨래할 테니까 니는 바닥 닦아라."

"나 그런 거 정해놓고 하기 싫거든. 내 스타일 랜덤인 거 알잖아."

"스타일 같은 소리 하고 있네. 하라면 잔말 말고 해라."

저게 자기가 잘못해놓고 오히려 큰소리다. 오늘 혈압이 제대로 상승하고 있다.

"난 집에서 거의 잠만 자잖아. 그래서 집에 대한 애착이 없어. 하지만 언니는 매일 집에서 사니까 관심도가 높겠지. 그러니까 언니가 좀 많이 하면 안 돼? 그리고 난 내 자신은 꾸며도 주변이 더러운 건 신경 안 써. 하지만 언니는 삼 일에 한 번씩 머리 감아도 바닥에 머리카락 떨어진 건 못 보는 스타일이잖아. 이러나저러나 청소는 언니가 좀 했으면 좋겠어. 내가 좀 도우는 식이고. 난 학교 다니고 과제 하고 바쁘단 말이야. 언니는 집에서 노니까 상관없지만 말이야."

지금 이게 어디서 말도 안 되는 소리를 지껄이고 있는 건지 모르겠다. 말도 안 되는 합리화로 나를 혼란시키려고 하나 본데 이런 건 너보다 내가 한 수 위다. 나는 절대 말려들지 않는다.

"지금 내보고 탱자탱자 논다고 했나? 내 집에서 글 쓰거든? 이것도 업무다. 사무실 나가서 타이핑 여덟 시간 동안 하는 거랑 똑같단 말이다. 나도 니처럼 힘들어서 파김치 될 것 같은 몸이거든. 니가 이 집에서 기거하는 이상 청소는 똑같이 분배한다. 알겠나?"

권지연이 입을 삐죽거린다. 누구 앞에서 귀여운 척이야? 주먹을 확 날리고 싶게 만드는 얼굴이다.

"글 쓴다고 하면서 인터넷 쇼핑 하는 거 누가 모를 줄 알고?"

권지연이 이 말을 쑥 남기더니 자기 방으로 후다닥 사라졌다. 문 잠그는 소리가 들렸다. 비열한 것. 회사 다니는 사람들도 몰래 인터넷 쇼핑 하거든? 나는 들으라는 듯 방문을 소리 나게 쾅 닫았다. 오늘도 글 쓰긴 그른 것 같다. 인터넷 쇼핑이나 하면서 마음을 추슬러야겠다.

5

권지연 - 언니는 히틀러 언니는 독재자

권혜미 - 집 밖에서도 집 안에서도 모르는 사람처럼

권지연 | **언니는 히틀러 언니는 독재자**

집에 들어오자마자 언니한테 혼났다. 잔소리만 한가득 들었다. 어떻게든 빠져나가려고 해도 언니의 마수에서 빠져나올 수가 없다. 숨을 쉬기 힘들 정도로 갑갑하다. 앞으로 언니랑 단둘이 어떻게 살아가야 할지 걱정이다.

　방에 들어가 옷을 갈아입는다. 날이 갈수록 배가 나온다. 지금은 남들이 모를 정도지만 곧 티가 날 것 같다. 아직까지 언니는 모르는 것 같다.

　메신저에 접속을 했다. 장미꽃 한 송이가 접속했다는 표시가 뜬다. 언니다. 자기가 장미인 줄 아나 보다. 착각을 해도 참 요란하다. 대화창이 뜬다. 헉. 언니다. 또 무슨 말로 나를 혼낼지 무섭다. 파일이 하나 뜬다. 나는 수락한다. 도대체 뭘 보내는 건지 궁금하다.

─자, 내가 작성한 건데 이 조항을 지키길 바란다. 변경하고 싶은 거나 말할 것 있으면 지금 당장 말하든가.

일단 파일로 보내주는 게 어이가 없다. 말로 해도 될걸 왜 이런단 말인가. 그렇게 되면 싸울 확률이 낮아지긴 하겠지만 말이다. 나는 파일을 클릭한다.

- 청소 - 거실과 부엌 청소는 내가 하겠다. 각자 방은 알아서 자기가.
- 빨래 - 넌 매일 밖에 나가니까 빨랫감이 많겠지. 이건 니가 하기.
- 반찬 - 니가 반찬 잘 만들어 먹으니까 니가 하기.
- 국 - 내가 국 전문이니까 국은 내가 할게.
- 밥 - 내가 할게.
- 설거지 - 니가 한다.
- 쓰레기봉투 버리기 - 가득 차면 니가 밖에 나가면서 버리기.
- 폐휴지 버리기 - 가득 차면 내가 버릴게.

이런 것까지 정해서 하다니, 너무 유치하다. 유치원생도 이러진 않을 거다. 딱 보기만 해도 언니 위주로 작성된 것 같다. 수정할 항목은 고쳐서 보내라고 언니가 채팅창에 반복해서 쓰는데 왜 이렇게 재촉하는지 모르겠고, 빨리 해야겠는데 뭐부터 해야 할지 모르겠고, 왜 저렇게 성질이 급한지 모르겠고, 바로 수정 파일 안 보내면 혼낼 것 같고, 이렇게 시간 가다 보면 이대로 지켜야 할 것 같고, 왠지 나한테다 불리한 것 같고, 난 왜 권혜미 동생으로 태어났는지 모르겠고, 죽은 히틀러가 언니로 부활한 것 같았다.

나는 짜증이 나서 슬그머니 로그아웃을 했다. 바로 전화벨소리가 울렸다. 언니다. 이런 언니 밑에서 사니 흰머리가 생길 것만 같다.

"빨리 접속해라."

언니는 할 말만 한 후 전화를 끊었다. 시도 때도 없이 성급하게 구는 언니 때문에 힘들다. 생각할 시간이 필요한데 재촉한다. 청소와 빨래는 그렇다 쳐도 국과 반찬은 말도 안 된다. 국은 며칠에 한 번씩 하면 되지만 반찬은 끼니때마다 만들어야 한다. 내가 국 만들기로 바꾸고 싶지만 할 줄 아는 국이 없다. 우울하다. 이건 통과. 밥과 설거지. 이것도 불공평하다. 밥은 한 번 해놓고 오래 먹을 수 있지만 설거지는 끼니때마다 해야 한다. 요모조모 따져보니 언니는 무조건 자기 위주로 작성한 것 같다. 자기중심적인 성격은 알아줘야 한다. 그리고 쓰레기봉투 버리기와 폐휴지 버리기도 그렇다. 쓰레기봉투는 무겁고 더럽다. 그런데 언니가 버리는 폐휴지는 더럽지도 무겁지도 않다. 모든 게 언니한테 유리하도록 써 있다.

언니한테 또 전화가 온다. 차라리 옆방에서 소리를 지르지. 벨소리의 압박이 계속된다. 나는 냉큼 로그인을 한다. 전화벨이 끊긴다.

─니가 지금 도망쳤나?

언니의 대화창이 바로 뜬다. 나는 갑자기 튕겨져 나간 거라고 거짓 해명을 한다.

─일단 밥과 설거지를 바꾸자. 쓰레기봉투와 폐휴지도 바꾸고.

─안 된다. 하나만 바까라.

─수정할 거 있음 해도 된다며?

─그렇게 되면 너무 니한테 유리해서 안 된다.

이럴 거면 처음에 왜 변경하라고 말했는지 모르겠다. 진짜 자기 마음대로다. 나는 왜 권혜미의 언니가 아닌 동생으로 태어났는지 모르겠다. 내가 언니였음 완전 패주는 건데 말이다. 나는 밥과 설거지를 바꾸겠다고 했다. 그래서 앞으로 밥은 내가, 설거지는 언니가 하기로 했다. 앞으로 밥과 반찬을 더럽게 먹어서 언니의 설거지를 힘들게 해야겠다.

─할 말 다 했으면 나간다.

―그러든가.

나는 잽싸게 로그아웃을 한다. 드디어 숨통이 트인다. 언니랑 같은 채팅창에만 있어도 숨이 막힌다. 기분을 전환하기 위해 클럽 음악을 크게 튼다. 비욘세의 〈크레이지 인 러브〉가 방 안을 빼곡히 채운다. 기분이 급 좋아진다. 계속 듣고 있는데 비욘세 목소리에 어떤 잡음이 껴서 들리는 것 같다. 그 출처를 향해 귀를 기울인다. 내 핸드폰에 불빛이 들어와 있다. 또 언니다.

"왜 자꾸 전화하는데."

"볼륨 낮춰라."

뚝. 전화가 바로 끊긴다. 또 자기 할 말만 하고 뚝 끊다니. 에티켓이라곤 눈곱만큼도 없는 것 같다. 나는 귀에 이어폰을 꽂는다. 또 벨소리가 울린다. 나는 바로 받아버린다.

"아, 왜 계속 전화하는데!"

"어? 처음 전화했는데."

웬 남정네의 목소리다. 헉. 내가 실수를 한 건가. 나는 발신자를 본다. 꺅. 쿵쿵이다. 학교에서의 내 이미지가 있는데 이제 어떡한담. 그런데 쿵쿵이가 왜 나한테 전화를 했지? 나는 목소리를 가다듬었다.

"지금 뭐 해?"

"어? 공부 중이었지."

"밥 먹었어?"

나는 밥을 안 먹었다고 거짓말을 했다.

"너희 동네 근처에 잠깐 왔는데 같이 밥 먹을래?"

전화를 끊은 나는 만세 삼창을 불렀다. 이건 명백한 데이트 신청인 거다. 나는 재빨리 화장을 했다. 아이라인에 마스카라까지 하려면 시간이 빠듯하긴 하지만 10분 정도 늦어줘도 된다. 원래 예쁜 여자는 좀 늦어도 된다. 남자를 기다리게 해도 된다는 말이다. 준비를 다 하고 나가려는데 언니 방이 조용했다. 잠이라도 자나? 매일 글 쓴다 해놓고 가서 보면 인터넷 쇼핑을 하고 있질 않나(그래서 언니 방엔 인터넷으로 산 쓸데없는 물건이 태산처럼 쌓여 있다).

눈이 피로하다며 조금 쓰다가 금방 침대에 드러눕질 않나. 그러다 보면 코 골고 자기 일쑤다. 나는 언니 방을 빼꼼히 들여다봤다. 언니는 바느질을 하고 있었다. 저 성격에 바느질이라니. 언니는 한 땀 한 땀 집중을 다해 꿰매고 있다. 옷을 꿰매는 줄 알았더니 인형을 꿰매고 있다. 인형 엉덩이에 있던 솜이 비어져 나왔나 보다. 솔직히 인형 엉덩이야 안 꿰매도 그만 아닌가. 저럴 때 보면 동심에 젖은 어린애 같다. 언니가 조금 그런 구석이 있다. 캐릭터가 그려진 물건을 좋아한다.

언니는 어릴 때부터 자신의 것은 절대 못 만지게 했다. 옷뿐만 아니라 인형에도 민감했다(그래 봤자 인형놀이보다 칼싸움을 더 많이 했지만). 그건 지금도 마찬가지인가 보다. 얼마나 바느질에 열중을 하는지 내가 엿보고 있는 것도 모르고 있다. 바느질하는 언니의 모습이라니, 웃기지도 않다. 노가다 현장에서 삽질을 하는 게 딱 어울린다. 나는 고개를 절레절레 흔들며 밖으로 나갔다. 문이 닫히는 소리에 언니의 목이 한 번쯤은 펴졌으리라.

쿵쿵이와 나는 지하철역에서 가까운 패밀리 레스토랑에서 만났다. 우리는 런치 세트를 시켰다.

"방학하면 뭐 할 거야? 계획이라도 있어?"

쿵쿵이는 식사 전에 나오는 빵을 자르며 물었다. 빵을 자르는 손이 어찌 저리 길고 고운지 모르겠다.

"여행도 가고 인턴도 해보고…… 하고 싶은 건 많지."

런치 메뉴가 나오자 쿵쿵이가 본론에 들어갔다. 여자친구와 싸웠다는 것이었다. 그러면서 나더러 어떻게 기분을 풀어줘야 하는지 물어보았다. 기분이 이상했다. 나에게 자문을 구하러 온 것인지, 내 마음을 떠보러 온 것인지, 나를 좋아하는 마음을 우회적으로 표현한 건지 알 수가 없었다. 나는 선물을 사주면 기분이 풀릴 거라고 했다. 어떤 선물을 주면 될 것이냐기에 화장품이나 향수를 사주면 될 거라고 했다. 쿵쿵이는 고맙다며 밥은 물론이거니와 커피까지 사겠다고 했다. 당연한 거 아냐? 내가 여기까지 행차해줬으면, 게다가 정답까지 알려줬으면 그렇게 하는 게 옳다. 나는 알게 모르게 과 남자애들과 데이트를 좀 했다. 그러니까 지금 같은 경우다(웬만큼 괜찮은 애를 선별해가며 하긴 했다).

쿵쿵이는 마지막으로 커피를 마실 때 영화표가 생겼다고 말했다. 처음엔 같이 보러 가자는 줄 알았다. 자신은 영화표가 많다며 내게 두 장을 주는 것이었다. 남자친구와 보러 가라고 했다. 이건 무슨 뜻이지? 나는 좀 헷갈렸다. 이놈의 심중을 헤아릴 수가 없다. 고단수인가? 내 마음을 떠보려는, 내가 어떻게 나오나 알아보려는 수작일까?

"고마워. 잘 볼게."

나는 눈웃음을 지으며 말했다. 이렇게 여유 있는 웃음을 지어줘야 한다. 아무튼 내게 선물을 준 게 아닌가. 나는 쿵쿵이와 헤어지고 나서 재승이 독서실로 향했다. 재승이는 침을 질질 흘리며 퍼자고 있었다. 한숨이 나왔다. 사실 저번에 독서실에 들렀을 때 재승이에게 헤어지자는 말을 하려고 했다. 외국에 나가 멀리 떨어져 지내자 재승이가 더욱 객관적으로 보였다. 나는 더 이상 사귈 필요가 없다는 판단이 섰다. 오늘은 꼭 헤어지자는 말을 해야겠다고 마음먹었다. 나는 재승이의 귀에다 대고 작게 소리 질렀다.

"야, 윤재승 얼른 안 일어나?"

귓가가 간지러웠는지 재승이는 손사래를 치며 일어났다.

"자빠져 자고 있으면 어떡해? 지금 다른 애들은 눈에 불을 켜고 공부하고 있는데 뒤처지고 싶어?"

"우리 엄마 같은 소리 좀 하지 마."

독서실 옥상에서 재승이와 나는 커피를 마셨다. 재승이는 아직도 잠이 덜 깼는지 눈이 풀려 있었다. 나는 영화표가 생겼단 말을 하자 재승이는 난색을 표했다.

"그날 모의고사 치는 날인데…… 시험 치는 시간이랑 겹치네. 이거 미안하게 됐다. 내가 잘 놀아주지도 못하고……."

"알면 됐어."

나는 삐친 척하며 옥상에서 내려왔다. 재승이는 줄 게 있다며 호주머니에서 무엇을 꺼냈다. 재승이가 내게 준 건 작은 상자였다. 열어보니 귀걸이 한 쌍이 반짝이고 있었다. 내가 좋아하는 브랜드였다.

"길 가다가 너한테 어울릴 것 같아서 하나 샀어. 이거 할 때마다 내 생각해."

귀걸이 한 쌍에 헤어지자고 말하려 했던 입이 쏙 들어갔다. 재승이는 역시 여자 마음을 잘 알아, 이딴 생각이나 들었다. 재승이는 자신도 오늘은 그만 공부해야겠다며 짐을 챙겼다. 재승이와 나는 밖으로 나왔다.

"시원하게 맥주나 마시고 싶다."

나는 푸념하듯 말했다. 재승이의 취침시간이 얼마 남지 않았다는 게 야속했다. 재승이는 취침시간이 정해져 있었다.

"맥주에 통닭 어때?"

재승이가 눈을 반짝이며 물었다.

"너 집에 빨리 안 가면 아빠한테 혼나잖아. 독서실 문 닫는 시간도 다 알고 있다며."

"하루만 그러는 건데 뭐 어때. 닭 뜯으러 가자."

"그럴까?"

재승이와 나는 서로의 허리를 잡고 신나게 맥줏집을 향해 걸어갔다. 벌써부터 입에 군침이 돌았다.

권혜미 | **집 밖에서도 집 안에서도 모르는 사람처럼**

한 번 가면 함흥차사라는 건 권지연을 두고 하는 말이다. 내가 바느질하는 동안 동네 마실 가듯 기어 나가더니 아직도 깜깜무소식이다. 인형 엉덩이를 꿰매는 나의 모습을 자신이 훔쳐본 걸 내가 모른다고 생각하는 모양이다. 하지만 천만의 말씀이다. 권지연과 음성으로 대화하고 싶지 않아서 말을 안 했을 뿐이다. 가능하면 앞으로도 집에서 메신저나 전화로 말할 생각이다. 권지연은 마주 보고 말할 가치가 없다. 나는 문자를 보낸다.

 —집에 몇 시에 올 건데.

 한참 후에 답문이 온다.

 —12시쯤 갈 것 같아염.

권지연은 기분파다. 지가 기분 좋을 때는 온갖 애교를 다 떨다가도 기분이 나쁘면 휑하고 돌아선다. 차라리 나처럼 쭉 일관적으로 가는 게 낫다. 이건 장단을 어디에 맞춰야 할지 모르겠다. 벨소리가 울린다. 엄마다.

"부산에 언제 내려올끼고."

"잘 모르겠는데."

"엄마가 KTX 표 끊어줄 테니까 동생이랑 같이 내려온나."

　권지연이랑 같이? 내키진 않지만 표를 끊어준다고 하니까 할 수 없다. 나는 정확한 날짜는 나중에 말하겠다고 한 뒤 전화를 끊는다. 열두시가 다가오고 있다. 나는 시계를 주시한다.

　열두시 종이 울린다. 땡땡땡땡……. 정확히 열두 번이 울렸지만 권지연은 나타나지 않았다. 피부를 위해서 빨리 자야 하는데 이건 돌아올 생각도 안 하고 있다. 자고 있는 도중에 권지연이 오면 낭패다. 나는 예민해서 작은 소리에도 잠이 깨버린다. 그리고 그 이후엔 잠이 들지 못한다. 권지연에게 전화를 했다. 받지 않는다. 이 망할 인간이. 나는 열이 받은 상태로 불을 끄고 자리에 누웠다. 핸드폰으로 시계를 봤다. 12시 23분이었다. 그때였다. 현관문이 열리는 소리가 들렸다. 권지연이다.

"왜 전화를 안 받는데?"

"안 들려서 몰랐어."

"안 들려서 못 받으면 핸드폰을 왜 들고 다니는데? 그리고 안 들려서 못 받으면서 왜 다른 사람 전화는 다 받는데?"

권지연은 아무 말도 하지 않고 자기 방으로 쏙 들어갔다. 인상을 찡그리지 않는 걸 보면 기분 좋은 일이 있었나 보다. 나는 동생이 옷을 갈아입을 동안에도 동생 방에 들어가 계속 잔소리를 했다.

"열두시에 오겠다고 약속을 했으면 그때 맞춰 와야 할 거 아니가? 그리고 늦으면 늦겠다고 문자를 하든가. 문자 할 생각도 안 하고 전화도 쌩깠다 이기가? 근데 웬 술 냄새고? 한잔했나? 맛이 갔네 갔어."

"우리 재승 띠랑 맥주 마셨지롱. 재승 띠가 오늘 나한테 귀걸이 사줬다? 요거 봐라? 좋겠지?"

동생이 귀걸이를 짤랑짤랑 흔든다. 저게 또 내 복장을 뒤집어놓고 있다. 29년 인생 혈혈단신으로 살아온 내게 저런 말을 할 때마다 피가 거꾸로 솟는 기분이다. 이건 분명히 자격지심이다. 그렇기 때문에 더 열이 받는다. 저건 왜 시도 때도 없이 남자친구가 생기고 왜 나는 안 생기는가. 권지연은 사랑을 하고 왜 나는 못 하는가. 나는 왜 남자에게 선물을 못 받는가. 따지고 보면 내가 내쳤기 때문이지만 권지연은 서로 마음 맞는 남자에게 선물을 받은 것이다. 모든 것이 열받는다.

"앞으로 문자 꼬박꼬박 답하고 전화하면 받아라."

"언니, 나 영화표 생겼는데 같이 보러 갈래?"

"은다. 내가 미쳤나?"

"이번에 개봉한 영환데 언니가 좋아하는 배우 나온단 말이야."

나는 잠시 주춤한다. 혹시 제라드 버틀러가 나온다는 그 영화? 이번에 개봉하면 혼자 조조로 보려고 했던 영화다. 음. 공짜푠데 보러 갈까? 나는 마지못한 척 대답했다.

"불쌍하니까 보러 가준다."

다음 날. 우리는 집에서 나와 같이 걸었다. 밖에서 함께 걷기는 처음이었다. 집에서야 치고받고 싸우며 매일 보는 얼굴이지만 밖에서 보니 조금 색달랐다. 말투가 조금 부드러워졌고, 그러고 나니 사이가 어색해졌다.

나는 팝콘과 콜라를 샀다. 동생이 영화를 보여주는 것이니 내가 사는 게 당연했다. 우리는 일찍 극장 안으로 들어갔다.

잠시 후 암전이 되고 영화가 시작됐다. 〈어글리 트루스〉라. 나는 영화 제목을 읊었다. 제라드 버틀러는 처음부터 능

글맞은 표정으로 야한 대사를 거침없이 퍼부었다. 확실히 미국은 선진국이야. 저런 야한 대사를 방송국에서 할 수 있도록 하다니……. 마음 맞지 않은 여주인공과 같은 방송 프로그램에서 만나게 되는 제라드 버틀러. 여주인공의 보수적인 성향과 맞부딪치는, 그리고 그녀의 말을 듣지 않는 그의 행동은 관객들을 자지러지게 만들었다. 나 역시 웃음을 참지 못했다. 동생도 마찬가지였다. 그는 여자들의 허실을 낱낱이 공개하고 있었다.

―여자들은 남자들을 볼 때 뭐를 많이 본다고 하죠? 성격이 중요하다고? 그거 다 구라예요.

나는 큰 소리로 허허대며 웃어댔다. 동생이 옆에서 찔렀다.

"언니, 무식하게 크게 좀 웃지 말아줄래."

"니야말로 깔깔대면서 웃지 마라. 가증스러우니까."

우리는 팝콘 상자 속으로 동시에 손을 넣었다. 우리는 그 상자 속에서 손 싸움을 했다. 나는 동생 손을 물리치는 데 성공하고 당당하게 팝콘을 한가득 손에 쥐었다. 그리고 중간에 있던 콜라를 내 쪽으로 옮겼다. 동생은 콜라를 먹고 싶을 때마다 나를 찔렀다. 나는 무시하고 영화에 계속 열중했다. 팝콘만 먹으니 입안이 느글느글하겠지. 나는 속으로 고소하다고 생각했다. 영화는 후반부에 다다르고 있었다. 후

반부이니 만큼 권지연은 콜라를 먹고 싶어서 미쳐가는 것 같았다. 갑자기 권지연이 콜라 쪽으로 손을 뻗었다. 나는 그것을 냉큼 낚아챘다. 콜라가 미지근해진 탓에 컵 주변에는 물방울들이 송골송골 맺혀 있었다. 안 뺏기려고 하는 나와 뺏으려고 하는 권지연의 몸부림은 계속됐다. 그때였다. 물기에 의해 내 손이 미끄러졌다. 콜라를 놓치고 말았다. 권지연이 나에게 콜라를 빼앗아 자기 앞에 가져온 것까진 좋았다. 뚜껑이 열리는 동시에 콜라와 얼음이 우루루 동생 옷에 떨어졌다. 권지연이 앙칼진 목소리로 날 보며 소리쳤다.

"언니 때문에 콜라 쏟았잖아!"

사람들의 시선이 한 번에 권지연에게 몰렸다. 권지연은 전혀 의식하지 않은 채 씩씩대고 있었다. 나는 계속 무시한 채 영화를 보았다. 영화는 클라이맥스에 다다르고 있었다. 권지연의 고함 따위를 들을 때가 아니었다.

영화는 열기구를 탄 채 하늘로 두둥실 올라가고 있는 주인공들을 보여주고 있었다. 카메라가 설치되어 시청자들이 다 보고 있는 것도 모른 채 둘은 밀어를 나누고 있었다.

─왜 날 사랑하나요?

─나도 몰라요. 사랑하는 데 이유가 있나…….

─정확하게 말해줘요. 어서요.

"빨리 대답해. 어서 대답하라고!"

권지연이 벌떡 일어나더니 나에게 뿔이 돋친 목소리로 고함쳤다. 극장 안에 사람들 웃음소리가 키득키득 들려왔다. 누군가는 조용히 하라고 했다. 권지연은 쪽팔리는지 씩씩대며 제자리에 앉았다. 제라드 버틀러가 여주인공에게 키스를 하러 다가왔다. 관객들은 여주인공과 권지연을 번갈아 보며 키득댔다. 나는 끝까지 앉은 채 무시하며 같이 키득거렸다.

권지연은 영화관을 나와서도 씩씩댔다. 오랜만에 통쾌한 기분이 들었다. 오늘 많은 사람들 앞에서 창피를 당했으니 앞으로 내 전화도 잘 받고 내 말도 잘 듣겠지. 우리는 버스 안에서도 모르는 사람처럼 따로 앉았다. 그렇게 집에 들어간 우리는 서로 먼저 말 걸지 않았다.

일주일 동안 한마디도 섞지 않은 채 시간은 흘러갔다. 모르는 사람처럼, 없는 사람처럼 따로 밥을 먹고 따로 설거지를 하고 따로 빨래를 했다. 나는 이상하게도(당연한 것일 수도 있지만) 그게 편했다. 그렇게 아무도 없는 빈집 같은, 말소리 들리지 않는 투룸 생활이 계속됐다.

6

권지연 - 피할 수 없는 인연
권혜미 - 아빠 친구를 만나다

권지연 | 피할 수 없는 인연

미국에서 엽서가 왔다. 두근거리는 마음으로 엽서를 읽었다.

> 지연에게
>
> 지연, 잘 지내? 바람이 매우 불어오는 오후에 네게 글을 쓴다. 버스 정류장에서 너를 처음 봤던 날이 떠올라. 우리가 추억을 나눴던 그 계절이 어느새 작년이 되어버렸네. 지연은 나와 함께했던 추억들이 생각나? 우리가 나누었던 밀어들이 떨어지는 낙엽 같다고 느껴. 네가 그립다. 네가 생각난다. 네가 보고 싶다. 우리…… 볼 수 있을까? 널 사랑했었다. 지금도 사랑해. 하지만 지연, 네 마음을 모르겠다. 네 마음을 알고 싶다. 답장을 해줘. 그럼 안녕.
>
> 언제까지나 널 생각하는 콜린 씀.

풋. 웃음이 나왔다. 나 때문에 한국말을 배웠나 보다. 문장들이 하나같이 어색했다. 나는 곧 답장을 썼다. 현재 학교생활을 잘 하고 있고 남자친구와는 아직 사귀는 중이며 나 역시 보고 싶다는 말을 썼다. 구구절절하게 쓸 마음도 있었으나 언제까지나 신비주의로 남아야 했다.

재승이는 내가 콜린과 편지를 주고받는다는 사실을 모른다. 사실 좀 죄의식이 생긴다. 하지만 뭐, 시간이 해결해주리라 믿는다.

주말이 되었다. 여전히 언니와는 말을 하지 않고 있다. 영화관에서 내게 준 그 수모를 단단히 갚아주고 있는 중이다. 언니는 내게 잔소리를 하고 싶어 죽을 지경일 것이다. 원래 말 많고 탈 많은 언니이기에 더욱 답답하겠지. 하지만 어림도 없다. 내게 사과를 하기 전까지는 계속 말을 안 하고 지낼 작정이다. 사실 나도 좀 답답하긴 하다. 이것저것 불편한 점들도 있다. 언니에게 옷 빌려달란 말을 하고 싶은데 그 말도 할 수 없다. 언니가 없을 때 몰래 가져가 입던 건 옛날 일이다. 이제 거대한 자물쇠가 혀를 날름 내밀고 있기 때문에 어쩔 도리가 없다.

방학이 되니 우울해지려고 한다. 내가 원래 감정의 기복이 심하다. 조그만 일에도 땅끝까지 내려갈 정도로 우울하다. 그러다가 또 괜찮아지면 바로 업된다. 이제 쿵쿵이와 당분간 볼 일이 없게 되었다. 쿵쿵이와 도서관에서, 학교에서 몇 번 마주치긴 했다. 우리는 형식적인 인사만 할 뿐 별말을 하지 않았다. 저나 나나 그날의 일을 기억하고 있는 것이다. 쿵쿵이는 그날의 일을 실수로 치부하고 있을까. 아니면 잘한 일로 치부하고 있을까. 그놈의 꿍꿍이를 알 수가 없다. 방학이 돼서 연락이 오면 내 예감이 맞는 거고, 아니면 아닌 거겠지. 아니어도 상관없다. 내게는 잘생긴 재승이가 있으니까! 재승이의 편입 시험이 코앞으로 닥쳐왔다. 당분간 만날 수도 없다. 재승이도 못 만나는데 공부나 해야겠다. 이번에 나는 장학금을 받았다. 머리가 녹슬지 않았나 보다. 공부를 하려는데 전화벨이 울렸다. 또 남자일 게 분명하다. 방학이 됐으니 만나자고 떠보는 수작들이겠지. 인기가 많은 것도 피곤하다. 덩달아 내 핸드폰도 피곤하다. 나는 발신자를 확인했다. '엄마'라는 두 글자가 떴다.

"방학인데 부산 안 내려오나."

"안 그래도 내려갈 참이었어. 엄마 얼굴도 보고 싶고 말이야."

나는 마음에도 없는 말을 했다. 하지만 이렇게 말해줘야 엄마가 좋아한다.

"카드 번호 불러줄 테니까 KTX 기차표 두 장 예매해라.

며칠날로 예매할 끼고."

"그건 언니랑 상의해서 정해지면 내려갈게."

나는 언니와 말하지 않고 지낸다는 걸 말하지 않았다. 그래야 엄마가 안심한다.

엄마와 아빠의 그늘에서 벗어나 언니와 둘이 살기 시작한 뒤부터 우리는 부쩍 많이 싸웠다. 하루에도 열두 번 싸운다는 게 이런 거구나. 나는 열두 번의 싸움을 몸소 실천하고 있었다. 언니도 한 성격 하지만 나도 만만치 않은 캐릭터라 싸움은 연장되고 있는 것 같다. 자매들 둘이 같이 살면 초반에야 티격태격하지, 나중엔 잘들 지낸다고 했다. 하지만 우리 자매는 그렇지 않다. 날이 가면 갈수록 심해지고 있다. 앞으로 얼마나 더 언니랑 살아야 할지 모르겠다. 따로 사는 최고의 방법은 언니가 결혼을 하는 것이다. 하지만 남자 손 한 번 못 잡아본 언니가 언제 결혼할지 깜깜하다. 이래저래 슬프다.

메신저에 들어간다. 때마침 언니가 접속해 있다. 언니가 접속을 했으면 했는데 다행이다. 나의 육성으로 메신저에 접속하라는 말을 하긴 싫었다. 언니에게 쪽지를 보냈다. '대화하기'라는 글을 클릭하기 싫기 때문이다.

— 엄마가 방학이라고 부산 같이 내려오래. KTX 번호 불러줬으니까 예매하면 돼.

잠시 후 언니에게서 쪽지가 왔다.

―번호 불러라.

나는 장문을 보냈는데 저렇게 짧게 쪽지가 오다니. 재수 없다. 나도 번호만 딱 적어서 보냈다. 내가 생각한 것처럼 따로 가려는 속셈인가 보다. 서로의 속셈이 같아서 다행이다. 나는 언니에게서 당장 벗어나고 싶은 마음에 바로 내일 부산으로 가기로 했다. 언니 밑에서 구박받으며 사느니 엄마, 아빠 밑에서 사랑받으며 사는 게 낫다. 바로 내일 예약하려고 해서 그런지 마땅한 자리가 몇 개 없다. 나는 창 쪽으로 자리를 택했다. 오늘 밤만 자면 내일이다. 오늘 밤만 언니의 소굴에서 견디자. 나는 눈을 꼬옥 감고 언니가 없는 꿈나라로 향했다.

다음 날 나는 신나게 가방을 챙겼다. 부산에 머무는 동안 쓸 화장품과 옷가지들을 챙겼다. 구두도 좀 가져갈까? 그럼 짐이 너무 많을까? 그래도 패션의 완성은 구두인데 안 가져갈 수가 없다. 가방도 두어 개 챙기고 머리띠도 몇 개 가져가야 할 것 같다. 막상 닥친 후에 챙기려니 챙길 게 너무 많다. 어젯밤에 해둘 걸 그랬다. 나는 급히 짐을 꾸렸다. 마지막으로 화장실에 들렀다. 칫솔을 가져가야지. 또 빠진 게 없나? 휴대폰! 이럴 때 언니한테 내 번호로 전화하라고 하면 어디 있는지 찾을 수 있는데. 나는 이불 속에 숨겨져 있던 휴대폰을 간신히 찾았다. 또 빼먹은 게 없나 다시 한 번 가방을 보았다. 나는 헐레벌떡 집에서 나갔다. 서울역에 내려서도 KTX 열차까지는 한참을 걸어야 했다. 나는 무거운 가방을 들고 헉헉대며 뛰었다. 가방은 쇳덩어리를 넣은 것마냥 너무 무거웠다. 이럴 줄 알았으면 구두를 한 켤레만 가지고 올걸. 욕망이 많을수록 삶의 무게는 무거워진다는 구절이 갑자기 떠올랐다. 언니가 읽어보라고 준 책에 나오는 말이었다. 책도 꼭 자기 같은 걸 골라요. KTX가 떠나기 1분 전에 겨우 기차를 탈 수 있었다. 열차는 이미 슬슬 움직이고 있었다. 내 자리를 찾아 계속 걸어갔다. 그리고 걸음을 멈췄다. 이쯤인 것 같았다. 앞자리에 많이 보던 사람이 앉아 있었다. 눈을 크게 떴다. 언니가 내 자리 바로 앞에 떡하니 앉아 있었다. 이런 망할. 언니와 눈이 마주쳤다. 흥. 나는 바로 고개를 돌렸다. 그리고 언니의 뒷자리에 가서 앉았다. 자리를 골라도 하필 이런 곳을 고르다니. 아까 언니는 집에 있던 게 아니었군. 언니는 계획적이고 야무지다. 매우 꼼꼼하다. 어제저녁부터 짐을 챙겼을 것이다. 그리고 여유롭게 기차역으로 갔을 것이다. 언니는 작가치고 즉흥적인 면이 부족하다. 작가는 갑자기 떠나고 그래야 진정한 작가 아닌가? 나의 이런 무계획적인 면을 배워야 할 텐데 그런 생각은 눈곱만큼도 보이지 않는다.

일찍 일어난 탓에 나는 기차에서 눈을 붙였다. 그리고 일어나보니 벌써 부산이었다. 언니는 이미 자리를 비운 상태였다. 빨리도 나갔군.

나는 언니와 마주치기 싫어 천천히 걸었다. 그리고 버스를 탔다. 언니가 있는지 없는지부터 확인했다. 다행히 없었다. 같이 타지 않았으니까 그럴 리 없겠지만 늘 조심해야 한다. 불조심, 치한 조심, 언니 조심. 나만의 포스터이다. 집에 가면 언니랑 절대 말하지 말아야지. 부산 집에서도 그 불문율은 지켜져야 한다. 하지만 막상 집에 도착하니 언니는 없었다. 언니는 벌써 도착한 뒤 친구를 만나러 나갔다는 것이었다. 언니는 부모님을 만나러 왔다기보다는 친구를 만나러 온 것 같다. 언니는 친구와의 우정이 대단하다. 나처럼 얕고 넓게 만나질 않는다. 하지만 사회생활이란 모름지기 이렇게 해야 한다. 자기와 잘 통하는 사람만 만나면서는 살 수 없다.

"아이고 우리 공주 왔네. 근데 살이 찐 거 같노."

엄마가 눈치를 챘나 보다. 역시 엄만 예리하다. 이 살이 그 살인지는 설마 상상도 못 하겠지.

"왔냐."

엄마에 비해 아빠는 짧게 한마디 했다. 쩝. 나는 식탁에 앉았다. 오랜만에 와서 그런지 진수성찬이 차려졌다. 엄마,

아빠와 마주 보고 식사를 하는 것도 오랜만이었다. 아빠가 입을 열었다.

"혜미가 알고 보니 절대음감이더만!"

"아…… 나한테도 옛날에 그런 말 한 적 있었어요."

엄마가 맞장구쳤다.

"음악을 들으면 그게 다 계이름으로 들린다는 거야. 아무튼 우리 딸은 대단하지. 글도 잘 쓰고 음악에도 소질이 있고 더 이상 어떻게 잘날 수가 있냔 말이야. 권혜미가 최고다. 아빠는 더 이상 그 누구도 부러울 게 없다. 내 딸이 전국 상위 1% 안에 드니까. 어허허허허."

아빠가 오늘 오버를 심하게 한다. 심해도 아주 병적으로 심하다. 1% 같은 소리 하시고 있다. 1%인데 아직까지 남자 한 번 못 사귀어본 건 어떻게 설명할 거냔 말이다. 평범한 얼굴에, 평범한 키에, 형편없는 요리 실력에, 무지막지한 성격에, 할 말 다 하는 잔소리꾼에, 잘하는 거라곤 글 길게 써서 장편소설 내놓는 것밖에 없는데 그걸 보고 1%라니. 가당치도 않다.

"아빠 친구 아들 중에 하버드 대학 다니는 놈 있거든."

"오, 완전 엄친아네. 아빠 소개시켜줘."

갑자기 하버드라는 말에 뽕갔다. 나는 지적인 남자가 좋다.

"엄친아가 뭐냐?"

"엄마 친구 아들. 아, 말해놓고 보니 아친아네. 아빠 친구 아들……."

나는 말을 더 하려 했는데 아빠가 잘랐다.

"하버드 대학이고 워싱턴 대학이고 다 필요 없다. 내 딸은 거기 들어간 것보다 훨씬 어려운 관문을 통과한 거라. 그것도 최연소로."

쳇. 너무 과장이 심하시군. 내가 입을 삐죽거리는 걸 봤는지 엄마가 내 편을 들었다.

"지연이도 요번에 장학금 받았잖아요. 이제 곧 취업도 될 거고."

"공부 잘하는 거? 취업한 거? 그거 가지고 명함이나 내미나? 판검사 합격한 자식들도 있는데, 걔네들 내 앞에서 찍 소리도 못해. 감히 내 앞에서 까불어? 등단하는 게 얼마나 힘든 줄 아냐? 낙타가 바늘구멍에 들어가는 것보다 더 어렵다고들 한다. 그런데 우리 큰딸 권혜미는 그 바늘구멍에 한 번에 쏙 들어간 거다. 너희 언니는 천재다."

쩝. 밥맛이 뚝 떨어졌다. 나도 한때는 영재 소리 들었는데. 계속 언니 칭찬만 늘어놓는군. 하긴, 판사 검사 된 자식들도 있다고 했는데 내가 취업하는 게 대수랴. 집에 오면 편할 줄 알았더니 그것도 아니군. 오늘 저녁 식사 자리에 언니가 없는 게 다행이다. 언니가 아빠의 말을 들었으면 기고만 장해서 으쓱대고 난리도 아니었을 것이다.

"너희 언니는 칼럼도 쓴다. 민중들의 입을 대변하는 아주 큰일이다. 그것도 얼마나 큰 신문사냐. 너희 언니는 이제 유명인이다. 내 딸은 네이버에 치면 나오는 그런 인물이다."

언니 자랑이 끝이 없다. 나는 숟가락을 놓았다.

"나 그만 먹을래."

의자를 밀어 넣고 나갔다. 엄마가 작게 하는 말이 들렸다.

"지연이 앞에서 혜미 자랑을 그렇게 많이 하면 어떡해요."

"왜? 사실을 말한 건데. 상위 1%도 0.5%라고 말하려던 걸 참았다."

엄마와 다르게 아빠는 여전히 큰 소리로 말했다. 나는 컴퓨터 방으로 들어갔다. 아빠의 서재와 겸한 방이다. 언니의 책이 중간에 꽂혀 있다. 쳇. 나는 언니의 책을 등 뒤로 하고 컴퓨터를 했다. 내가 없는 사이 부산 컴퓨터가 말썽을 피우고 있었다. 공대생의 손으로 나는 컴퓨터를 치료했다. 현관 벨 소리가 울렸다. 헉. 언니가 온 것 같다. 갑자기 숨이 막혀 온다. 질식할 것만 같다. 이런 걸 권혜미 증후군이라고 해야 하나. 아빠, 엄마가 언니를 맞이하는 소리가 들려온다. 누군가 컴퓨터 방으로 오는 소리가 들린다. 쿵쿵대는 저 발걸음.

설마 하는 순간 언니가 문을 활짝 열며 들어왔다.

"비키라."

"싫거든."

나는 대항했다. 재수 없이 첫마디가 '비켜'라니. 컴퓨터 치료 기껏 다 하고 이제 게임이나 하려고 하니까 비키란다.

"내 칼럼 써야 한다."

마지못해 자리를 비킨다. 게임이나 하려고 했으면 어림도 없다.

내가 나가고 나자 아빠가 때맞춰 방으로 들어갔다. 칼럼 쓰는 걸 감시하는 것 같다. 아빠와 언니 사이에 실랑이가 벌어지는 게 들렸다.

"나는 내가 느낀 대로 쓸 거니까."

"그렇게 쓰면 안 된다니까!"

"아빠가 칼럼 쓰는 거 아니다이가."

"앞으로 소설도 아빠한테 검사 맡아라."

"아빠!"

언니가 소리 지르는 게 들린다. 킥킥. 나는 웃음이 비어져 나왔다. 거 참 고소하다. 아빠한테 계속 당해라. 언니가 아빠한테 당하는 게 재밌기만 하다. 부산에서 벌어질 일들이 기대된다.

권혜미 | **아빠 친구를 만나다**

남포동역에서 내린다. 중학교 때 활보하던 남포동역. 교복을 입고, 푸른 패기를 안고, 뭐든지 할 수 있을 것 같은 꿈을 안고 돌아다녔던 이곳. 시험이 끝나면 노래방에서 무한대로 노래를 부르고 팬시점을 구경하고, 예쁜 편지지 하나에도 행복했던 그 시절. 숨을 한껏 들이마신다. 바다 냄새가 물씬 난다. 조금만 걸어가면 자갈치역도 나온다. 살아 있는 해산물들을 한눈에 구경할 수 있는 곳. 나는 지금 아빠 친구를 만나러 가는 길이다. 부산에 와서 아빠 친구까지 만날 줄은 몰랐다. 아빠 친구는 시인이자 고등학교 교사라고 했다. 음…… 선생님이면 왠지 고리타분할 것 같다. 선생님과 제자로 만나는 건 아니지만 발걸음이 더디어졌다. 나는 10분 정도 늦어서 죄송하다는 문자를 보냈다. 오랜만에 신은 구두가 계속 신경 쓰였다. 평소대로 운동화를 신고 가려던 내게 엄마는 잔소리를 했다. 너는 아빠의 자존심이다. 동시에 엄마의 자존심이다. 너는 아빠의 얼굴이나 다름없다. 무조건 꾸미고 가야 한다. 최대한 꾸며서 가야 한다. 엄마는 내 머리를 손질하고 옷을 골라주기까지 했다. 쩝. 내가 그 아저씨에게 잘 보여야 하는 이유가 대체 뭔지 알 수가 없다.

아빠 친구는 양복을 입은, 깡마른 사람이었다. 아빠 친구가 이끄는 대로 음식점에 들어갔다. 누가 보면 원조 교제인 줄 알겠군. 들어간 곳은 '18번 완당집'이었다. 이곳에선 명물인, 60년 전통의 가게라고 했다. 들어가니 한식집 분위기가 풍겼다.

"여기서 너희 엄마와 아빠가 연애도 하고 그랬지."
"그럼 아빠와도 자주 왔겠네요."
"주로 아빠와 나는 당구장에서 만났지. 하하하."

아저씨는 재밌게 말을 풀어나갔다. 다행히 어색한 감이 아까보다 사라진 것 같았다.

"너희 아빠가 어찌나 니 자랑을 하는지. 아빠 회사에 팬 사인회도 하러 갔었다며?"

그때의 악몽이 떠올랐다. 나는 아빠 밑에 있는 직원들 이름을 하나하나 물어가며 책을 증정하고 사인을 해야 했다.

나는 명함들도 받았다. 하지만 누가 누구인지 분간을 할 수가 없었다. 점심식사도 아빠 직원들과 같이 했다. 개중에 마음에 드는 직원도 있었지만 아무런 내색도 하지 않았다. 아니, 할 수 없었다. 직원들과의 점심식사는 지루하기만 했다. 공유할 수 있는 이야깃거리라곤 아빠밖에 없었다. 아빠의 다혈질 성격은 누구보다도 잘 알았다. 하지만 직원들은 아빠의 좋은 점만 이야기했다. 니들이 고생이 많다. 나는 속으로 생각했다. 화제는 책으로 돌아갔다. 어떻게 썼어요. 얼마만에 썼어요. 대단해요. 등등 겉치레들이 오갔다. 나는 식은땀이 났다. 앞으로 책을 낼 때마다 이런 짓을 해야 할 생각을 하니 눈앞이 깜깜했다.

식사가 나왔다. 맛이 퍽 훌륭한 편은 아니었지만 먹을수록 정겨운 맛이었다. 아저씨는 자신이 쓴 시집을 주었다. 나는 그것을 가방에 넣으며 잘 읽겠다는 말을 했다.

"사실 대단한 걸 한 것도 아인데 아빠가 너무 자랑을 하고 다니는 것 같아요."

"그게 왜 대단한 게 아냐? 아저씨들끼리 만나면 자기 자식 자랑을 하는데 말이야. 너희 아빠가 네 자랑을 시작하면 다른 사람들은 명함도 못 내밀어. 10년을 도전해도 안 되는 사람들이 있는데 너는 한 번에 됐잖아. 나도 5년을 도전해서 시인이 됐어."

아빠가 대단히 떠들고 다녔군. 나는 어깨가 무거워졌다.

"내가 널 만나고 싶어 한 이유는, 다름이 아니라 우리 계간지에 니가 글을 좀 실어주었으면 해서. 바다에 관한 이야기인데, 너는 쓰기 힘들지도 모르겠다. 그래서 말인데, 하루나 이틀 정도 배에서 머물 기회를 주려고 해. 날짜는 니가 편한 대로. 아무래도 시원한 여름이 좋겠지?"

나는 약간 당황했다. 배에서 생활을 하라고? 바다에 대한 글을 잘 쓰기 위해? 그건 좀 그런데요, 라는 말이 나오질 않았다. 아저씨는 계속 설명을 했다.

"바다에서 일하는 사람들의 애환에 대해 글을 써줬으면 좋겠다. 너희 아빠도 20년 전에 배 탔잖아. 뱃사람은 뱃놈이라는 사회적 인식이 있단다. 다른 사람들은 양복을 빼입고 멋있게 회사로 출근하는데 우리는 기름진 작업복을 입고 바다와 싸우는 거지. 배를 3년 타면 군대 면제야. 이건 다르게 말하면 그만큼 배에서 일하는 게 힘들다는 거야. 나라를 위해 희생하는 거지. 그런데 나라가 그걸 몰라준다. 네 아빠의 마음은 바다 빛이다. 어떤 한이 맺혀 있어. 뱃사람. 뱃놈 자식. 그 말들에 대한 응어리를 니가 글 쓰는 사람으로서 풀어줘야 한다."

끄응. 어깨가 더 무거워진 느낌이었다. 바다 빛이라. 응어리라. 하지만 아빠가 배를 탄 건 20년 전의 일인데요. 아빠에게 아직도 응어리가 있을는지. 나는 아무 말도 못 하고 듣기만 했다. 역시 교사답게 아저씨는 말이 많았다. 마치 역사를 가르치는 것 같았다. 아저씨는 장보고 시절부터 거슬러 올라가서 해상무역 이야기에, 조선 말기 쇄국정책으로 인해 배로 수출입을 하지 못해 나라가 망했다는 이야기까지 구구절절 풀어냈다. 나는 이야기를 듣다가 졸 뻔했다.

"우리는 매일 파도와 싸우는 사람이다. 육지에서 걷는 게 이상한 사람들이야."

나는 내년 여름에 배 체험을 하겠다는 약속을 하고 헤어졌다. 계간지에 글을 쓴다는 약속도 물론이었다. 작가로 살아가는 게 힘든 건지, 아빠의 딸로 살아가는 게 힘든 건지 분간이 가지 않았다. 집으로 돌아오자 엄마는 상기된 표정으로 나에게 자꾸 물었다.

"어때? 어떻드노? 무슨 말 했노? 예쁘다는 말도 혹시 하드나?"

"그런 말 안 하던데. 별말 없었다. 그냥 글 써달라길래 알았다고 했다."

"밥은 뭐 사주대?"

"배고프다. 저녁 도."

"밥 먹고 온 거 아니었나?"

"소화가 어떻게 됐는지도 모르겠다."

나는 밥을 또 먹었다. 이렇게 알 수 없는 공복감이 밀려들면 무조건 먹어야 한다. 엄마는 밥 먹는 나에게 한 소리 했다.

"니는 동생이랑 싸우기만 하면 엄마한테 전화해서 하소연이고. 우찌 그리 동생이랑 안 친하냔 말이다. 쌈박질하는 것도 이제 정신 상그랍다. 니 하나만 낳으면 심심할까 봐 외롭지 말라고 동생 낳아줏드만 우째 그래 싸우고 물고 뜯노. 으잉?"

"내 혼자여도 안 심심하고 안 외롭다."

"말하는 거 봐라. 쌈박질을 해도, 동생이 잘못하면 니가 언니니까 어떻게든 참아야 할 거 아인가베."

"엄마!"

나는 숟가락을 내려놓았다.

"동생이 잘못했는데 왜 언니가 참아야 하는데? 내가 큰딸이라서 참아야 하는 이유가 뭔데? 왜 큰딸은 마음이 넓어야 하는데? 왜 동생의 잘못을 이해해야 되는데? 나이가 많다는 이유로 양보해야 하는 법이 어딨냐고? 그렇다고 큰딸한테 특별한 대우라도 해주나? 언니가 양보해야 한다는 말, 아주 옛날부터 귀에 못이 박이도록 들어서 내가 세뇌당할 거라 생각할지 모르겠지만 나는 안 그렇다. 들으면 들을수록 내 생각은 더 확고해진다고. 그러니까 언니가 참으라는 말은 하지 마라."

"이기 또 엄마한테 잔소리하는 거 봐라. 글 쓴다고 입만 살아가지고. 아주 그냥 엄마한테 따발총을 쏘아대네."

"말이야 맞는 말이잖아."

"그래도 니 때문에 지연이는 든든할 거다."

"왜?"

"어릴 때부터 니가 동생 보호하는 데 앞장섰다이가. 니는 초등학교 때도 남자애랑 주먹질하고 다녔지만 가는 맞고만 다녔다이가. 그래가지고 하루는 니가 지연이 울린 아를 잡아가지고 운동장 한복판에서 쥐어 팼다이가. 그 후로는 지연이가 괴롭힘을 안 당했던 거 기억 안 나나?"

"기억 안 난다."

"거짓말하기는. 사실 나도 지연이보다 혜미 니가 더 든든하다."

"엄만 왜? 내가 엄마 보호라도 해줬나? 하하."

내가 더 든든하다는 말에 웃음이 나왔다.

"니는 살가운 말 한마디 안 해도 엄마 뒤통수는 안 친다이가. 니 동생, 가는 싸가지가 없어서 뒤통수를 잘 치는 기라. 앞에선 엄마 힘드시죠. 엄마 도와드릴 거 없어요? 해놓고 며칠 뒤에 핸드폰 요금 나온 거 보면 십만 원 넘어 있다이가. 그렇게 고년한테 속은 게 한두 번이 아니다."

"가 중학교 때부터 그랬다이가. 핸드폰 사주자마자 처음부터 지금까지 계속되는 레퍼토리. 가한테 속는 엄마가 바보다. 그런 아한테 잘해줄 필요 없다."

"내가 요금 많이 나온다고 오만 욕을 퍼부으면 찍소리 안 한다. 그리고 앞으로는 안 그럴게요, 공손히 말한다. 내가 거기에 또 속는다이가."

"내한테도 그란다. 옷 훔쳐 입었다고 지랄을 하면 가만히 있거든? 그런데 또 그 짓을 한다니까!"

나는 밥풀을 튀기며 엄마 말에 동조했다.

"허구한 날 이상한 남자애는 어찌나 잘 사귀는지. 예전에 학원 간다 뺑치고는 번화가 한복판에서 너거 동생이 남자랑 같이 있는 거 엄마한테 딱 들켰다이가. 가는 끼가 많아서 탈이다."

"가는 끼보다 뒤통수가 더 문제다."

나는 동생 흉보는 것이 즐거워 엄마와 시간이 가는 줄도 모르고 수다를 떨었다. 엄마와 나는 동생 흉을 볼 때만은 일심단결을 한다. 엄마는 역시 사람을 객관적으로 볼 줄 안다. 나만 권지연을 싸가지 없다고 생각하는 게 아니었다. 정각을 가리키는 시계 종소리가 울렸다. 어느새 밤 열한시였다.

"야는 또 어디서 뭘 한다고 이렇게 안 오노? 전화를 해봐야겠다."

엄마는 단축번호를 길게 눌렀다. 통화음이 들렸다. 하지만 통화음만 들릴 뿐 권지연의 목소리는 끝끝내 들리지 않았다.

"이게 또 논다고 정신이 자빠져 있네. 그러니까 엄마가 좀 엄격하게 키웠어야지!"

"그르게 말이다. 니는 엄격하게 안 키워도 재깍재깍 연락도 잘하고 늦지도 않는데 이건 누굴 닮아서 이렇노."

나는 오늘이 무슨 날인지 알고 있었다. 연인과 함께 보낸 적이 없는 나로서는 크리스마스가 무의미했다.

작년 크리스마스처럼 올해도 엄마와 수다를 떨며 밤을 보내고 있다. 엄마는 잠이 온다며 일어났다. 우리는 각자 방에 들어가 잠자리에 들었다. 불을 끄고 누웠다. 만약 남자친구가 생기면 크리스마스 때 뭘 하고 놀지? 권지연에게 물어볼 수도 없고.

"어딘가 있을 내 남친에게, 메리 크리스마스."

작게 속삭인 후 눈을 감았다. 그리고 꿈나라로 조금씩 빠져들었다. 오늘 밤은 남자친구가 생기는 꿈을 꿨으면 좋겠다는 생각을 하며.

7

권지연 - 언니에게서 탈출하다
권혜미 - 부산에서 생긴 일

권지연 | **언니에게서 탈출하다**

부산에 오니까 언니가 언제 들어올 거냐고 지지고 볶지 않아서 좋다. 얼마 만에 느껴보는 자유인가!

케이크에 불을 붙인다. 오늘은 칠공주가 전부 모였다. 오랜만에 모여서 망년회도 할 겸 파티를 할 생각이다. 파티의 끝은 나이트로 장식할 생각이다. 언니와 살았으면 어림도 없는 일이다. 언니는 나이트까지 찾아와 룸에서 부킹하고 있는 나를 끌고 갈 인간이다. 누군가는 스파게티 불을 조절하고, 누군가는 와인을 따고, 누군가는 천장에 풍선을 붙이고, 누군가는 침대 곳곳마다 초를 세팅하고 있다. 고등학교 때 놀던, 자타가 공인한 칠공주이다. 칠공주의 뜻은 말 그대로 일곱 명의 공주처럼 생긴 애들이다. 전화벨 소리가 울린다. 내 핸드폰이다. 엄마다. 나는 전화를 안 받기로 한다. 받지 않아도 엄마는 충분히 나의 심정을 헤아려주리라. 아빠만 잘 넘어가면 된다. 새벽까지도 나에게 전화가 안 오면 잘 넘어간 것이리라.

드디어 고깔모자를 쓰고 파티복으로 갈아입는다. 디카의 타이머를 맞춘다. 다 같이 카메라 앞에 일렬로 예쁜 포즈를 하며 선다. 하나 둘 셋 찰칵 사진이 찍힌다. 서로의 찍힌 모습을 확인한 후 다시 한 번 사진을 찍기로 한다. 사실 우리 일곱 명은 전부 친한 게 아니다. 개중에 친한 친구는 따로 있으며 어떤 친구와는 아예 안 친하기도 하다. 싸운 적도 여러 번 되고 아직 사과를 안 한 친구도 있다. 그래도 우리는 이런 기념일이 되면 모인다. 그리고 서로 알뜰히 챙겨주는 척 친한 척을 하며 사진을 찍는다. 사진이란 모름지기 그런 것이다. 셔터를 눌러대기 전 친한 척하며 얼굴을 비벼야 하는 것이다. 커플들도 그러지 않는가? 내 진짜 행복보다 남에게 보여주기 위한 행복이 더 중요하다. 사진이야말로 현재를 보여주는 증거물이다. 칠공주는 아직도 끈끈한 우정을 과시하며 돈독하게 지내고 있다는 증거를 남기는 데 더없이 좋은 것이 사진이다. 우리 일곱 명이 오늘 이 자리에 모인 가장 큰 이유는 바로 다음과 같다. 한 해의 마지막을 장식할 광란의 밤을 위하여! 뜨겁게 끓는 청춘의 피를 향하여! 바로 나이트를 향하여!

 우리는 음식을 먹는다. 너무 많이 먹으면 똥배가 나와서 몸매를 유지하는 데 힘이 들기 때문에 조금씩 먹는다. 곧 호텔 지하에 있는 나이트클럽으로 향할 것이다. 지금 시각은 새벽 한시. 지금 마악 크리스마스가 되었다. 오늘이야말로 손님이 가장 많은 날이다. 신나게 이 청춘을 불살라야겠다. 아빠에게 전화가 안 오는 걸 보니 엄마가 잘 넘겼나 보다. 언니는 지금쯤 곯아떨어져 자고 있겠지? 청춘이 아깝다. 하긴 이제 언니는 청춘도 갔지만. 미련한 권혜미 같으니라고는. 언니 친구들은 술을 다 못한다. 정말 재미없게들 논다. 오늘 같은 날 커피나 한잔한 후 빨리 헤어졌을지도 모른다.

 얼마나 놀았을까. 나는 몸과 마음이 이미 지칠 대로 지쳐 있었다. 술 때문에, 딱 붙는 파티복 때문에, 땀에 젖은 머리 때문에, 떡이 진 화장 때문에 빨리 집에 가고 싶어졌다. 배터리가 간당간당한 핸드폰을 열었다. 여섯시였다. 할증도 풀렸는데 택시나 타고 집에 가야겠다. 갑자기 전화벨 소리가 울렸다.
 '돼지'가 떴다. 아까 돼지처럼 생긴 아저씨가 폰 번호를 물어봤었다. 그래서 나는 까먹을까 봐 특징을 이름으로 적었다. 나는 수신 거부 목록에 돼지를 넣은 후 일어섰다. 칠

공주는 부킹이 시작되면서부터 각자 따로 놀았다. 집에 가는 것도 각자 알아서였다. 나는 시끌벅적한 나이트를 빠져나와 택시에 몸을 실었다. 잠깐 잠이 들었나 보다. 어느새 택시는 우리 집 앞에 당도해 있었다.

엘리베이터를 눌렀다. 꼭대기 층에서부터 내려올 생각을 안 했다. 나는 눈을 감은 채 기다렸다. 팅 소리가 들렸다. 깜박 졸았던 사이, 엘리베이터가 1층으로 내려온 모양이었다. 문이 열렸다. 순간 나는 헉 소리가 날 만큼 놀라고 말았다. 엘리베이터에 서 있는 사람은 다름 아닌 아빠였다. 새 양복을 입고 출근 준비를 마친 아빠를 보니 오금이 저렸다.

"아……."

'빠'를 부르기도 전에 아빠는 뚜벅뚜벅 아파트 문으로 걸어 나갔다. 바로 앞에 있는 여자가 딸인지 알아차리지 못한 것이었다. 안도의 한숨과 함께 웃음이 나왔다. 역시 우리 아빠는 이래서 마음에 들어. 아빠는 자기 주변에 별로 관심이 없었다. 그래도 아무리 몰라도 그렇지, 딸 얼굴을 그냥 지나치다니. 그것도 이런 이상한 파티복을 입고 있는데 말이야. 아무튼 다행이다.

나는 집으로 오자마자 뻗었다. 엄마는 문을 열어주더니 술 냄새와 담배 냄새가 범벅이라며 깨끗이 씻고 자라고 했다. 나는 피곤한 탓에 대충 샤워를 했다. 방에서 언니가 자고 있겠지. 지금 문을 열고 이불을 깔면 또 자기 잠을 깨웠다고, 어제 저녁 어디 있다가 지금 기어 들어왔냐고 한 소리 할 게 뻔하다. 나는 마음 편하게 거실에서 전기요를 깔고 자기로 했다. 다른 방도 있긴 했지만 그 방은 아빠 직원이 쓰는 방이었다. 원래 이 아파트는 아빠 회사에서 내준 집이다. 아빠와 그 밑의 직원 두 명, 총 세 명이 살고 있었다. 그런데 직원 한 명은 결혼을 하면서 독립해서 나갔고, 다른 한 명은 고향이 서울인 탓에 평일에는 부산에서 일을 하고 주말에는 서울로 올라갔다. 오늘은 크리스마스라 직원 아저씨가 없었다. 그렇지만 직원 아저씨 방에서 자기가 찜찜했다. 나는 거실에 이불을 깔았다. 그리고 머리도 말리지 않고 누웠다. 누움과 동시에 잠이 쏟아졌다.

일어나서 밥 먹으라는 엄마의 목소리에 눈을 떴다. 언니는 집에 없었다. 몇 안 되는 친구나 만나러 나간 모양이지. 머리카락에는 아직도 물기가 있었다. 나는 드라이를 한 후 식탁 앞에 앉았다. 엄마는 뭐가 웃긴지 웃음을 참고 있었다.

"너거 언니가 뭐라는 줄 아나? 크큭."

"왜 그래? 뭐라고 했는데?"

"니 어제 망년회 했다이가. 망년회는 망할 년들의 모임이란다."

망년회가 망할 년들의 모임이라고? 아무튼 구리게 잘 갖다 붙이는 데 뭐 있다.
"엄마는 그게 재밌어? 그럼 내가 망할 년이라는 거야?"
 나는 애먼 목소리를 냈다.
"그나저나 아빠한텐 나 뭐라고 했어? 아까 엘리베이터에서 만났는데 나인 줄 모르고 그냥 지나가는 거 있지."
"너희 아빠가 그런 양반인기라. 아빠가 언니랑 니 찾길래 대충 둘러댔지. 저 방에서 자고 있으니까 문 열어보지 말라고. 예민해서 깬다고. 앞으로는 일찍 다니라. 걸려도 난 모른다. 너거 아빠 한 번 성질나면 불 같다이가. 그리고 언니랑 싸운 다음에 내한테 전화 좀 걸지 마라. 양쪽에서 전화를 거는데 내가 머리가 지끈거린다. 니도 잘못한 게 없진 않지만 언니 밑에서 산다고 고생이 많다. 어제는 또 엄마한테 얼마나 닦달을 해대는지. 집에 오자마자 방구석에 머리카락 좀 치우라고 잔소릴 하질 않나."
"나처럼 언니하고 단둘이만 살아봐. 내가 얼마나 불쌍한지 알게 될걸?"
 나는 엄마의 심정이 진심으로 이해가 갔다.
"너거 언니는 시엄마보다 더하다. 아주 삼대 할매가 따로 없다. 어제 밥을 차렸드만 계란이 너무 짜다고, 이런 국은 이제 하지 말라고, 갈비가 너무 달다고 하질 않나. 세수

한 다음에 그냥 아무 말 없이 엄마 로션 바르면 될 거를 오래된 화장품은 쓰지 말라고 잔소릴 하질 않나. 엄청나게 닦달을 하더라. 이런 식물은 집 안에서 키우니까 지네가 나오느니, 새로 산 소파보다 예전 것이 더 푹신하고 좋은데 왜 바꿨냐느니, 왜 우리에게 안 물어보고 엄마 취향대로 샀냐느니, 부츠에서 냄새 나면 신발장에 숯을 넣으라느니, 세면대 좀 청소하라느니, 걸레 색깔이 이게 뭐냐느니 아무튼 너거 언니 때문에 엄마가 진이 다 빠졌다."

"엄마, 나는 매일 시달려. 엄마보다 더 무서워. 아주 새엄마 같다니까."

갑자기 엄마의 눈빛이 변했다.

"언니는 언니고, 근데 니, 이번 달에도 핸드폰 요금이 십만원을 넘었더라. 우찌된 기고? 으잉?"

언니 흉을 보기 위해 발동기가 달렸던 내 혀가 쏙 들어갔다. 하지만 휴대폰 요금이 많이 나오는 건 어쩔 수 없다. 난 잘하고 있는 것이다. 핸드폰 요금이 많이 나오는 것은 인간관계를 위해 어쩔 수 없다. 핸드폰 요금이 많이 나온다고 해서 인간관계를 접을 순 없는 것이다. 엄마한테 미안하긴 하지만 할 수 없다. 적어도 나는 당당하다. 왜냐면 최대한 아껴 쓰려고 노력은 하기 때문이다. 하지만 또다시 원래 쓰는 것만큼 쓰게 된다.

"엄마, 내가 일산에 있어서 도와주지도 못하고 힘들진 않아? 어깨 아프다더니 괜찮아?"

나는 단박에 애교 작전을 펼쳤다. 이렇게 슬슬 엄마 비위를 맞춰줘야 한다.

"앞으로 핸드폰 많이 쓰지 마라. 알았나?"

엄마는 이쯤 하고 넘어갔다. 크큭. 역시나 작전 성공이다.

"엄마 그런데 말이야."

나는 목소리를 부드럽게 깔았다.

"나 용돈 좀 당겨주면 안 돼?"

"야가 말하는 거 봐라이. 열흘 전인가 이번 달 용돈 줬다이가."

"근데 쓸 일이 있어서 다 써버렸어."

"넌 안 되겠다. 이제부터 일주일 단위로 용돈을 줘야겠다."

수긍할 수 없지만 일단 넘어가기로 했다. 일주일간 용돈을 끊어서 줬다가는 돈 쓰는 재미를 만끽할 수 없을지도 모른다. 하지만 지금 말해선 안 된다. 잠잠해지면 그때 또 말해야겠다. 왜 이렇게 세상에 사고 싶은 옷들과 구두와 백이 많은지 모르겠다. 나도 연예인처럼 옷방을 가지고 싶다. 옷을 한가득 지루할 때까지 사고 싶다. 이 쇼퍼홀릭은 언제 잠잠해질지 의문이다. 난 적어도 언니처럼 새 옷을 썩히지 않을 자신은 있다. 비싼 돈을 주고 사면서, 뚱뚱해서 못 입는 것도 아니면서, 입지 않고 고이 모셔두는 언니를 이해할 수가 없다.

"니 등록한 영어 학원은 며칠부터 시작이고?"

엄마는 이런 건 기억력이 좋다. 학원 좀 빼먹고 부산에서 더 놀려고 했더니 덜미가 잡혀서 안 되겠다. 날짜를 거짓말 할까도 했지만 나중에 들통 나면 그땐 용돈도 끊기게 될 것 같다.

"15일."

"15일이면 내일이다이가! 니 바른 대로 말해라. 엄마한테 말 안 하고 부산에 더 있을라고 했제?"

엄마가 나를 다그쳤다. 아까 분위기 좋게 언니 욕할 때가 좋았다. 왜 계속 불똥이 나한테 튀는지 모르겠다. 사실, 내가 학원 빼먹는 것보다 언니가 엄마한테 잔소리하는 게 더 스트레스 아닌가?

"아니야. 나 내일 아침에 일산 가려고 했었어. 엄마한테 막 말하려던 참이었는데 이렇게 나오면 엄마 딸이 얼마나 서운하겠어?"

엄마는 더 이상 별말을 안 했다. 일단 이렇게 한숨 돌렸다. 빨리 먹고 자리를 떠야겠다. 어떤 덜미가 또 잡힐지 모른다.

다음 날 나는 서울역 가는 열차에 올라탔다. 혹시라도 내가 친구 집에서 죽치면서 놀까 봐 엄마는 기차역까지 함께 대동했다. 내가 짜려는 작전마다 왜 이렇게 속속들이 들키는지 모르겠다. 앞으로는 새로운 작전을 구상해야겠다. 언니는 좀더 머물다가 일산 집에 간다고 했다. 나야 만만세다. 이럴 땐 언니가 프리랜서인 것이 도움이 되는구나.

크리스마스가 지났지만 쿵쿵이에게선 연락이 없다. 나는 내심 쿵쿵이의 연락을 기다려온 것인가. 여친과 헤어지고 크리스마스 때 나에게 연락할 것이라는 시나리오를 짜고 있었건만. 이제 쿵쿵이에 대한 미련은 버려야겠다. 재승이는 편입 시험을 쳤겠지. 아무 연락이 없는 걸 보면 이번에도 망한 것 같다. 이렇게 된 이상 정말로 재승이를 기다려줄 수 없다.

*

"끼아아아아아아아악!"

일산 집에 올라가자 나는 경기 일으키듯이 비명을 지르고 말았다. 어디서 나온 건지 개미들이 부엌 벽을 줄지어 기어 다녔다. 온몸에 개미들이 와글와글하듯이 소름이 쫙 끼쳤다. 이 집엔 나 혼자다. 너무 무서워서 미칠 것 같다. 도망가고 싶지만 도망갈 곳도 없다. 다행히 아직 내 방엔 나타나지 않았지만 언제 침투해올지 모르는 일이다. 언니와 나는 개미 한 마리도 못 죽이는 위인들이다. 어찌 된 게 이런 건 닮았다. 그래서 벌레가 집 안에 나타났을 때만은 합심하여 벌레를 몰아냈다. 여름엔 커다란 나방이 어디서 날아왔는지 천장에 떡하니 달라붙어 있었다. 언니와 나는 동시에 비명을 질렀다. 나방이 도망가지 않나 내가 망을 보는 동안 언니는 밖으로 달려 나갔다. 그리고 나방을 잡아줄 동네 세탁소 아저씨를 데려왔다. 나방은 싱겁게 잡혔다. 세탁소 아저씨가 나방을 변기에 버리는 동안 우리는 손을 잡고 기뻐했다. 그러나 그 기쁨도 잠시, 우리는 또 싸웠고(무슨 일 때문에 싸웠는지 기억이 안 난다) 다시 각자의 방문을 쾅 닫으며 제자리로 돌아갔다.

나는 울상이 되어 엄마에게 전화를 걸었다.

"엄마 큰일 났어. 개미가 나타났어."

"그게 어때서! 옛날에 우리 시절 때는 그보다 더한 집에도 살았다."

"지금은 옛날이 아니잖아. 호랑이 담배 피던 시절이 아니란 말이야. 나 수강료 환불하면 안 될까? 여기 무서워서 못 있겠어."

"말도 안 되는 소리 한다. 어디서 학원 안 간다는 말이 나오노!"

엄마는 생각보다 강경했다. 나는 거의 울 것처럼 소리쳤다.

"그럼 엄마라도 올라와서 조치를 취해줘. 진짜 무서워서 나 울 것 같단 말이야!"

나는 이미 울고 있었다. 개미는 여러 마리이지만 난 한 명이다. 일단 수적으로 밀린다. 여기에 혼자서 계속 있다간 여왕개미에게 물려 죽을지도 모른다. 엄마는 일단 끊자는 말을 한 후 전화를 끊었다. 나는 오매불망 엄마의 전화만을 기다렸다. 부엌에 가기가 너무 무서워서 저녁때 자장면을 시켜 먹었다. 내 방에서 자장면을 열심히 먹었다. 중간에 먹다가 진짜 용기를 내서 냉장고에서 김치를 가져왔다. 나는 자장면 한 그릇을 깨끗이 비운 뒤 대문 앞에 뒀다. 이러다간 대문을 통해 개미가 올지도 모른다. 갑자기 그런 생각이 들었다. 나는 가능한 한 집에서 아주 멀리 자장면 그릇을 두고 왔다. 그날 밤 엄마가 구세주와 같은 소식을 전했다.

"아빠 출장이 갑자기 서울로 정해졌다. 엄마는 뒷바라지를 해야 하니까 올라갈꾸마."

"그럼 언니는?"

"언니가 니보다 개미 더 무서워한다이가. 개미 퇴치하기 전까지는 부산에서 계속 있을 거란다. 아까는 아예 그 투룸에서 다른 집으로 이사를 가자고 해서 겨우 말려놨다."

역시 언니다. 나는 개미를 보면 참다가 울지만 언니는 보는 즉시 울어버린다. 일단 울고 본다. 그럴 때면 언니가 영락없는 꼬마 아이 같다. 주먹도 잘 쓰는 언니가 벌레 앞에선 약하다. 그나저나 오늘 밤 어떻게 자야 할지 모르겠다. 자는 동안 개미가 내 방으로 들어오면 어떡하나.

빨리 엄마랑 아빠가 와서 나를 든든하게 해줬으면 좋겠다. 이럴 게 아니라 언니 방에서 자야겠다. 언니 방이 내 방보다 부엌에서 더 멀기 때문이다. 언니 방으로 들어간다. 옷장에 걸린 큼지막한 자물쇠부터 눈에 띈다. 갑자기 언니가 짜증 난다. 언니 침대 속으로 들어가 잠을 청한다. 빨리 이 밤이 지나갔으면 좋겠다.

권혜미 | **부산에서 생긴 일**

 엄마와 아빠가 올라가 버렸다. 월요일이다. 나는 새해를 텅 빈 집에서 혼자 보내게 되었다. 물론 텅 빈 집은 아니다. 당분간 아빠 회사 직원과 단둘이 이 아파트에서 살아야 한다. 직원 아저씨랑 지내는 게 개미랑 지내는 것보다 속 편하다. 누군가는 나더러 특이하다고 할지 모른다. 하지만 난 그만큼 벌레가 무섭다. 특히나 날개가 있는 것들은 더 무섭다.

 아침 일찍 나가서 저녁까지 먹고 밤늦게 들어올 거야. 너한테 최대한 피해 안 가게 할 거다. 그 사람은 그런 양반인기라. 엄마는 남자 직원 칭찬을 계속했다. 돈이라도 받았나? 아저씨의 나이는 아빠보다 열 살 정도 적었다. 결혼도 했고 자식도 있다고 했다. 엄마는 조신하게 잘 지내다 올라오라는 말을 마친 뒤 집에서 나갔다.

  부산 집은 조용하기만 했다. 지금 시각은 오후 네시. 점심 때 일어나 밥을 먹고 소설을 쓰니 벌써 시간이 이렇게 되었다. 직원 아저씨 오기 전에 목욕이나 해야겠다. 이 집엔 화장실이 두 갠데 한 화장실은 샤워부스가 있고 다른 화장실은 욕조가 있다. 나는 욕조가 있는 화장실로 들어가 물을 틀었다. 물의 온도를 맞춘 후 옷을 벗었다. 화장실 밖에다 옷을 벗어놓을까 했지만 만에 하나 아저씨가 일찍 올 것을 대비해 화장실 안에다 두었다.

  한 시간가량의 목욕을 마치고 화장실 문을 빼꼼히 열었다. 다섯시인데 아직 퇴근할 리가 없지만 방심할 수 없어서였다. 나는 아무도 없는 걸 확인한 후 옷으로 몸을 가리고 방으로 들어갔다. 새 옷을 꺼내 입었다. 몸이 부들부들해지니 마음이 상쾌해졌다. 창가로 갔다. 하늘이 어두워 보였다. 가랑비가 내리고 있었다. 가랑비는 곧 거친 비로 변해 후드득 쏟아졌다. 순식간이었다. 빛이 번쩍하더니 천둥이 쳤다. 나는 이런 날이 좋았다. 미칠 것 같은 날. 이런 날 놀이동산을 가야 하는데. '1박 2일' 멤버라면 가능하다. 야간까지 놀고 나서 에버랜드 호텔에서 하룻밤 자는 거다. 비를 맞으며 독수리요새를 타는 거다. 허리케인과 후룸라이드를 타는 거다. 나는 폭삭 언니 번호를 찾았다. 그리고 통화 버튼을 누르려는 순간 내가 있는 곳이 부산이란 걸 깨달았다. 당장 일산 집에 가고 싶었지만 개미 때문에 그럴 수가 없었다. 이 망할 놈의 개미 같으니라고.

저녁을 일찍 먹었다. 직원 아저씨랑 얼굴을 맞대고 먹으면 소화가 안 될 것 같았다. 원래 먹는 속도가 빨랐지만 더 급하게 숟가락질을 했다. 오늘 어디서 자지? 아저씨 방 옆에 내가 원래 자던 방이 있었다. 거실 위치에서 볼 때 왼쪽에 그 방들이 치우쳐 있었는데 내가 아까 목욕을 한 화장실도 왼편에 붙어 있는 화장실이었다. 부모님 방은 오른쪽에 치우쳐 있었다. 그리고 오른편에도 화장실이(샤워부스만 있는) 붙어 있었다. 나는 밥을 먹자마자 부모님 방에 가서 누웠다. 돌침대라서 뼈가 닿는 쪽마다 아팠다. 허리도 붕 뜬 느낌이 드는 것이 그다지 좋지 않았다. 그냥 아저씨 방 옆에 붙어 있는 방에서 자야겠다. 나는 설거지를 급히 마친 뒤 거실 텔레비전을 틀었다. 일일 드라마가 요즘 한창 시청률 상승세를 달리고 있었다. 드라마는 쓰레기인데 끊을 수가 없었다. 내 방에 텔레비전이 있으면 들어가서 보는 건데. 아저씨가 오면 텔레비전을 끄고 내 방에 들어가야 하나? 인사는 하고 들어가야 하나? 자연스럽게 인사를 한 후 드라마를 마저 봐야 하나? 에라 모르겠다. 가장 좋은 건 드라마를 다 보고 내가 방에 들어갈 때까지 아저씨가 안 오는 거다.

나는 드라마를 보는 동안에도 귀를 바짝 세우고 있었다. 혹시라도 문 따는 소리가 들릴까 봐서였다. 다행히 드라마가 끝날 때까지 아저씨는 오지 않았다. 나는 마지막으로 목욕했던 화장실에 들어가 이를 닦았다. 욕조는 때 하나 없이 반질반질했다. 아저씨를 의식해 깨끗이 청소를 한 탓이었다. 내가 목욕을 했는지 절대 모르겠지. 나는 칫솔을 가지고 내 방으로 왔다. 아저씨와 내가 쓰는 칫솔은 색깔이 같았다. 만에 하나 아저씨가 내 것으로 닦을까 봐 가지고 온 것이었다.

아저씨는 예상 외로 늦게 들어왔다. 밤 열한시가 다 되어서였다. 내가 잠이 들기 전쯤에 들어왔기 때문에 거의 불편함을 못 느꼈다. 방에서 몸을 조금만 내밀어 안녕하세요, 하고 말한 것밖에 없었다. 아저씨도 내게 권 작가님 안녕하세요, 라고 했다. 엄마 말대로 참 괜찮은 사람이군. 반말을 할 수도 있을 텐데. 나는 속으로 생각했다.

다음 날 아침. 예상대로 아저씨는 새벽에 나갔다. 하지만 거의 소리가 안 들리게끔 행동하는 것 같았다. 역시 매너가 좋은 분이야. 나는 거의 깨지 않고 잠을 계속 잘 수 있었다. 그리고 느지막이 일어나 점심을 먹고 칼럼과 소설을 썼다. 밖에서 친구와 만나 저녁을 먹고 올 때도 있었다. 나는 아저씨가 집에 도착할 시간을 고려해 그보다 일찍 귀가했다. 그리고 부모님 방 쪽에 있는 오른쪽에 있는 화장실을 썼다. 웬만하면 그편이 좋을 것 같았다. 화장실을 같이 쓰면 불편할 것 같았다. 그렇게 무탈한 며칠이 흘러갔다.

며칠이나 흘렀을까. 여느 때와 다름없이 점심을 먹고 있었다. 갑자기 배가 심하게 아파왔다. 아, 왜 아픈 거지. 나는 부리나케 화장실로 직행했다. 오른쪽에 있는 화장실보다 왼쪽에 있는 화장실이 더 가까웠다. 나는 바로 왼쪽으로 달려갔다. 그리고 문을 닫고 볼일을 보았다. 아픈 배가 금방 가라앉았다. 휴. 나는 등을 구부린 채로 욕실 슬리퍼를 신은 내 발가락을 보았다. 배가 아픈 게 사라지니까 허리를 펼 수 있을 것 같았다. 나는 꼿꼿이 허리를 폈다. 순간 나는 경악했다. 문고리에는 내가 목욕하기 전 빨았던 팬티가 걸려 있었다. 이때까지 이 화장실에 들어오지 않은 탓에 안쪽 문고리에 걸어두었던 팬티를 보지 못한 것이었다. 오 마이 갓. 나는 다시금 경악했다. 이때까지 아저씨는 내 팬티를 보았을 것 아닌가. 보고 무슨 생각을 했을까. 보란 듯이 걸어두었다고 생각했을 것 아닌가. 내 진심은 그게 아닌데. 자기를 홀리려고 한다고 생각하는 건 아닐까. 오, 설마 그렇게 매너 있는 분이 그렇게 생각할 리가 없다. 난 이제 어쩌지. 오늘 저녁에 인사는 어떻게 하지. 이제부터 그냥 하지 말까. 그러면 예의에 어긋난다고 생각하는 게 아닐까. 아, 진짜 어쩌면 좋지. 나는 부엌에 가서 밥을 먹으면서도 계속 생각했다. 그래. 오늘 친구와 늦게까지 놀다 오는 거다. 그래서 아저씨보다 더 늦게 귀가하는 거다. 아저씨가 잘 때쯤 들어오면 인사를 하지 않아도 된다. 오늘은 일단 이렇게 넘기자. 나는 친구에게 전화를 걸어 바로 약속을 잡았다.

저녁 시간이 되었다. 친구를 만나기 전 집에서 볼일을 보자는 생각에 한 번 더 화장실에 갔다. 혹시라도 내 양말 같은 게 어디서 뒹굴지 않을까 싶어 확인차 다시 한 번 왼쪽 화장실을 이용했다. 이번에는 다행히 아무것도 없었다. 소변을 보고 물을 내렸다. 헉. 이게 뭐지? 커다란 갈색 오물이 변기 안에 묻어 있었다. 아까 큰 거를 보고 나서 제대로 다 안 내린것 같았다. 나는 오물을 향해 샤워기로 쏘아댔다. 오물은 좀처럼 지워지지 않았다. 왜 하필 여기서 똥을 눴담. 뒤늦게 책망해도 소용없었다. 친구를 만나기 전까지 이 일을 처리해야 했다. 솔로 문지를까도 했지만 어찌 된 게 솔이 보이지 않았다. 약속 시간이 다가오고 있었다. 약속을 취소하자고 할까. 친구에게 문자가 왔다. 이미 기다리고 있다는 문자였다. 이럴 수도 저럴 수도 없는 나는 발만 동동 구르다 밖으로 나왔다. 엘리베이터에서 내리자마자 엄마한테 전화를 걸었다.

"엄마 큰일 났다. 똥이 안 내려간다."

"변기 레버를 눌렀는데도 안 내려간단 말이가."

"거의 내려갔는데 변기에 조금 묻은 게 안 내리간다. 어떡하노. 아저씨 조금 있으면 온단 말이다."

"세숫대야에 물 담아서 부아봐라. 그라믄 잘 내려갈 거다."

"우리 집에 세숫대야 있나?"

"없지."

"아 씨, 사야 되네? 근데 부으면 내리가는 거 확실하나?"

"건 잘 모르겠다. 지금 고스톱 치고 있어서 바쁘다. 끊는다."

전화가 끊겼다. 지금 이 마당에 고스톱이 문제란 말인가. 딸의 이미지가 달린 일인데 말이다.

일단 친구와 저녁을 먹었다. '오빠닭'이라는 곳에 갔는데 '오븐에 빠진 닭'을 줄인 말이었다. 닭다리를 뜯으며 맥주를 마시자 세숫대야를 사야 한다는 생각이 스멀스멀 잊혀져갔다. 게다가 오랜만에 만난 부산 친구라 수다를 한 바가지 떠느라 시간 가는 줄 몰랐다. 한참을 떠들고 있는데 알람 소리가 들렸다.

"뭐고?"

"아빠 직원이랑 어쩌다가 같이 살게 됐는데 이 아저씨 들어올 시간이다. 마음의 준비를 하는 시간인……."

정신이 퍼뜩 들었다. 벌써 열한시가 되었단 말인가. 똥 사건이 생각났다.

"야. 내 가볼게. 계산은 니가 해라."

나는 부리나케 일어났다.

"야, 권혜미! 계산 안 하고 어디를 내빼노?"

친구의 말을 무시하고 나는 헐레벌떡 뛰었다. 어딜 가면 세숫대야를 구할 수 있지? 이런 걸 파는 데가 흔하지 않은데. 나는 며칠 전 우체국을 가다가 세숫대야 같은 것들을 늘어놓고 파는 곳을 보았던 게 기억이 났다. 나는 우체국까지 힘껏 뛰었다. 영하로 내려간 온도가 귓불을 시리게 했지만 개의치 않았다. 그야말로 발에 땀이 나듯 뛰었다. 문 닫았으면 어떡하지. 아, 그러면 진짜 나는 죽는 거다. 내겐 내일이 오지 않는 거다. 당장 짐 싸서 일산으로 가야 할지도 모른다. 나는 헉헉대며 뛰었다. 세숫대야 파는 곳이 저만치서 보였다. 드르륵 소리가 들렸다. 셔터 문을 닫고 있었다.

"안 돼! 스토오옵!"

나는 셔터 문을 닫고 있는 아저씨를 향해 소리쳤다. 아저씨는 뭐 이런 게 다 있냐는 얼굴로 나를 쳐다보았다. 나는 세숫대야를 받은 후 급히 계산을 했다. 그리고 세숫대야를 들고 또 헉헉대면서 뛰었다. 달밤에 체조하는 것도 아니고 이게 뭐람. 제발 보통 때보다 늦게 오길. 운전할 때마다 신호받아서 늦게 오길. 그게 아니면 술 한잔한다고 아주 늦게 오길. 어쩌면 오늘 아예 안 들어오길. 그러면 내 마음이 놓일 텐데 아저씨의 성격으로 봐서 그럴 리는 없고 오늘도 여지없이 착실히 귀가할 것 같다. 나는 미친 듯이 뛰고 또 뛰었다.

아파트에 도착한 나는 엘리베이터를 기다렸다. 이놈의 엘리베이터는 왜 이렇게 더딘 거야. 이마에서 땀이 흘렀다. 집에 도착한 나는 비밀번호를 눌렀다. 문이 열리자마자 부리나케 들어갔다. 집 안은 어두웠다. 아저씨의 방도 어두웠다. 아직 아무도 오지 않았다는 거다. 나는 안도의 한숨을 쉰 후 세숫대야에 물을 철철 받아 변기에 들이부었다. 두어 번 그렇게 하고 나자 오물이 깨끗이 내려갔다. 나는 화장실 바닥에 주저앉고 말았다. 내 팬티를 걸어두었던 문고리가 나를 보고 비웃는 듯했다.

그날 밤 나는 똥과 싸우는 악몽에 시달렸다. 악취 때문에 나의 주먹이 더 이상 공격할 수 없어지고 만 그런 불운한 내용의 꿈이었다. 그 이후로 나는 아무리 급한 볼일이 생겨도 꼭 오른쪽 화장실을 이용했다.

주말이 되었다. 나는 편안한 마음으로 역시나 느지막이 기상을 했다. 점심으로 라면을 끓여 먹고 왼쪽 화장실로 들어갔다. 주말에 목욕하는 게 마음 편할 거란 생각에 오늘 목욕을 하기로 했다. 문고리에 그런 걸 걸어두지 않았음은 물론이다. 탕에 물을 받는 동안 세수와 양치를 했다. 물의 온도를 적당하게 한 후 비누칠을 하고 탕에 들어갔다. 몸이 찌뿌듯해졌다. 눈을 감았다. 헉. 나는 바로 눈을 떴다.

"끄아아아악."

모르고 아저씨의 칫솔을 사용해버린 것이다……. 그러니까 어떻게 말하면 간접 키스를 한 것이다. 나는 비명을 질렀다. 왜 이렇게 혼자서 실수를 남발하는 거지. 어떻게 목욕을 마쳤는지 모르겠다. 나는 팬티를 세탁기에 넣은 것을 두 번이나 확인한 후 옷을 갈아입었다. 창밖에 비가 오고 있었다. 겨울을 재촉하는 비였다. 아저씨 방을 지나기 직전 발걸음을 멈추었다. 갑자기 아저씨 방을 들어가고 싶은 욕망에 시달렸다. 호기심이 나를 부추겼다. 뭐 도둑질을 하는 것도 아니고 한번 들어가보는 건데 뭐 어때. 나는 슬그머니 문을 열었다. 남자 특유의 스킨 냄새가 코를 찔렀다. 우욱. 이렇게 냄새가 나면 방문을 조금 열고 다니지. 창문은 열려 있었다. 환기를 나름대로 하고 있긴 하셨군. 하지만 겨울비가 이렇게 들이치는데 닫아야 하지 않을까. 나는 창문을 닫았다. 동시에 또 많은 물음표가 일었다. 분명 창문을 열고 갔는데 닫힌 걸 보고 이상하게 생각하진 않을까? 내가 들어온 걸 눈치채지 않을까? 하지만 자신이 열고 갔는지 닫고 갔는지 기억이나 할까? 매일 열고 다닌다면 기억할 수도 있지 않을까? 나는 생각 끝에 창문을 조금만 열었다. 그리고 그 방에서 나왔다.

아저씨와의 생활이 2주가 넘어가자 나중엔 그 생활이 편하기까지 했다. 마치 서로 하숙을 하는 느낌이었다. 그렇게 편해갈 때쯤 엄마는 내게 통보를 했다.

"개미는 완벽히 퇴치했으니 올라온나. 그리고 엄마랑 아빠는 내일 부산에 내려간다. 아빠 출장이 끝나서 내일부터 부산에서 출근한다."

부산에서의 생활도 좋나는구나. 나는 아저씨와 어떠한 동질감마저 느끼고 있던 터였다. 나중에 알고 보니 아저씨는 내가 챙겨 보는 드라마의 열혈 시청자였다. 나 때문에 일부러 늦게 들어오느라 꼬박꼬박 챙겨 보지 않았던 것이다. 엄마의 말을 통해 들었다. 이렇게 미안할 때가. 하긴 같이 봤으면 좀 불편했을지도. 모쪼록 감사한 마음을 가지며 나는 짐을 꾸렸다.

마지막으로 소설을 부산에서 쓰던 날 밤, 유난히 소설이 써지질 않았다. 메신저를 켰다. 미니 홈피에 들어갔다. 내 것보단 남의 것을 보는 게 재밌었다. 나는 일촌 바로가기를 눌렀다. 일촌을 탐색한 후 클릭하려던 것이, 잘못 눌러져 동생의 홈피에 들어가게 되었다. 이 인간은 잘 살고 있으려나? 나는 동생의 사진첩을 클릭했다. 순간 숨이 멎고 말았다. 네 이년이 감히! 권지연은 내가 없는 동안 개념이 가출을 한 것 같았다. 감히 내가 한 번도 들지 않은 몇십만 원짜리 가방을 들고 밖에서 사진을 찍어? 게다가 가증스럽게 웃고 있기까지 해? 어라? 이 옷도 내 거 아냐? 그 말인즉슨 내 자물쇠를 풀었단 말? 눈에서 불꽃이 일었다. 그것도 아주 이글이글 일었다. 나는 내일 아침으로 예약해놓은 서울행 티켓을 취소하고 곧 떠날 밤기차를 예약했다. 그리고 짐을 들고 부랴부랴 기차역으로 나섰다. 아저씨에게 인사를 못 하고 가는 게 마음에 걸리긴 했지만 그 시간까지 기다릴 수 없었다. 지금 그게 중요한 게 아니었다. 나는 기차 안에서 이를 북북 갈았다. 그리고 어떻게 해야 이 인간을 분질러 놓을지 눈도 못 붙이고 몇 시간 동안 생각했다.

8

권지연 - 우리 제발 헤어질래?

권혜미 - 선수 치는 데는 선수

권지연 | **우리 제발 헤어질래?**

 언니 때문에 미칠 것 같다. 언니는 진짜 내 언니가 아니라 계모 같다. 나는 왜 동생이라는 운명을 지고 태어났는가. 막내의 비애란 이루 말할 수 없다. 언니는 나를 괴롭혀도 이렇게 괴롭힐 수가 없다. 물론 나의 잘못이 조금 있었다는 건 인정한다. 하지만 누가 잘 보이는 곳에 열쇠를 숨겨두라고 했냔 말이다. 열쇠는 언니 베개 밑에 있었다. 이렇게 쉬운 숨은 그림 찾기를 만들어놓고 왜 내게 뭐라고 하냔 말이다. 언니는 오늘 새벽 들어오더니 나의 잠을 깨워놓곤 한바탕 난리를 피웠다.
 엄마, 아빠는 내 방에서 자고 있었기 때문에 몰랐겠지만 나는 언니 방에서 고문을 당해야 했다. 나는 한마디도 하지 않았다. 물론 할 말이 없었다. 나는 행동할 때 앞뒤 분간하지 않는다. 그냥 입고 싶으면 입고, 가지고 싶으면 가진다. 왜냐면 당장 난 그것들을 소유하고 싶으니까. 뒷일이 어떻게 될지는 생각 않는다. 그건 그때 가서 생각하면 된다. 그 뒷일이 이렇게 될지 몰랐지만 말이다.

엄마와 아빠는 아침도 먹지 않고 바로 부산행 기차를 타러 나갔다. 언니에겐 더없이 좋은 기회였지만 내겐 불운이었다. 언니는 내게 소리쳤다.

"더 이상 너란 인간은 말이 통하지 않는다는 걸 알았다. 그렇다면 이젠 행동을 보여주겠다. 후회해도 소용없다. 다 니가 벌인 일이니까."

나는 언니가 주먹을 날릴 줄 알았다. 그런데 그게 아니었다. 언니는 내 샤넬 가방을 가지고 밖으로 나가버렸다. 나는 그걸 가지고 뭘 할 거냐며 소리쳤다. 언니는 주먹 날리는 시늉을 했다. 그렇게 나가버린 언니는 몇 시간 뒤 돌아왔다.

"니 가방은 중고 매장에 팔아버렸다. 이게 남의 것을 탐한 자의 처참한 말로다."

나는 내 방으로 가서 몇 시간이나 울었다. 30분 정도 울다 보니 눈물이 안 나와서 우는 척을 좀 했다. 그래도 언니는 끄떡없었다. 언니는 원래 여자의 눈물 따위에 약한 여자가 아니라는 걸 알고 있긴 했다. 이제 어떡하지? 샤넬 가방

메고 다니는 것이 그나마 낙이었건만. 이제 명품과는 영원히 안녕이란 말인가? 내 꼴이 어쩌다가 이렇게 됐지? 언니는 어떻게 사준 가방을 도로 가져갈 수가 있지? 그럼 그렇지. 언니가 그렇게 큰돈을 척 하고 내밀 때부터 알아봤다. 언니는 소인배다. 그것도 완전 작은 소인배. 나는 열이 받아 그 길로 집을 나가버렸다. 오늘 안 들어와야겠다. 언니한테 시위라도 해야지. 내가 들어올 때까지 샤넬 가방을 도로 제자리에 두라고 으름장을 놔야겠다. 내가 계속 집에 들어오지 않으면 언니도 불안해서 샤넬 가방을 찾아오겠지. 나는 어딜 갈지 고민하다가 갈 곳이 없어서 재승이 집에 놀러가기로 했다.

사과를 몇 개 샀다. 재승이는 시험을 망쳐서인지 주눅이 들어 있었다. 재승이의 엄마는 예전에도 몇 번 본 적이 있다. 그냥 무난한 아줌마다. 아줌마는 내가 사온 사과를 씻어 오셨다. 재승이 아줌마가 칼을 들고 깎으려는데 재승이가 막았다.

"지연아, 니가 사온 거니까 니가 한번 깎아봐."

"그럼 지연이가 깎는 사과 한번 먹어볼까?"

변명할 틈도 주지 않고 모자는 자기들끼리 입을 맞춰서 나를 공격했다. 아씨. 사과 같은 거 못 깎는데. 그래서 집에서도 귤이랑 바나나만 사 먹는데. 괜히 사과 사왔잖아. 아까 과일 아저씨가 나더러 사과 같은 얼굴이라며 칭찬한 게 화근이 되어 사과를 사고 말았다. 지금 생각해보니 장삿속에 속은 것 같다. 나는 기침을 한 번 한 후 칼을 잡았다. 껍질을 깎아야 하는데 칼이 속살 안까지 뭉텅 들어갔다. 계속해서 사과 껍질이 삐뚤삐뚤하게 잘려나갔다. 중간에 툭툭 끊어지기도 여러 번이었다.

"지연아, 다 깎기도 전에 색깔이 갈변되면 어떡해. 아무래도 새 거 먹어야겠다. 엄마가 깎아."

저게 죽으려고. 나를 물먹이려고 작정했나. 엄마가 있으니까 보이는 게 없나 보지? 가뜩이나 언니 때문에 기분도 구린데 저게 더 잡치고 있다. 재승이 아줌마는 사과를 예쁘게 다 깎더니 재밌게 놀라며 안방으로 가셨다. 나는 재승이 귀를 잡았다.

"너 죽을래?"

"내가 뭘……."

"다음에 너, 우리 엄마 있을 때 두고 보자. 오늘 나 심기 불편하니까 건드리지 마."

재승이는 왜 심기가 불편한지 물었다. 나는 언니한테 당한 이야기의 자초지종을 들려주었다.

"너희 자매처럼 사이 안 좋은 자맨 처음 봤다."

재승이의 그 말에 기분이 팍 상했다. 맞는 말이긴 하지만 그런 말을 듣는 게 싫었다.

"언니랑 난 사이가 안 좋은 게 아니야."

"그럼 뭔데?"

"서로 맞지 않을 뿐이야."

적당한 말이 떠오르질 않아 대충 둘러댔다. 어쩌면 우리 자매는 사이가 나쁘다기보다는 서로의 개성이 강해서 맞지 않는 것일 수도 있다. 둘 다 평범하지 않으니 티격태격 다투는 것일 수도. 전화벨이 울렸다. 언니였다. 갑자기 스트레스 지수가 높아졌다. 혈압이 상승하는 것 같았다.

"왜 안 받아?"

재승이는 번쩍번쩍 빛을 뿜어내는 핸드폰을 보며 물었다. 나는 받을까 말까 고심했다. 이렇게 고심하고 있으면 전화가 꺼지지 않을까 하는 생각에서였다. 하지만 전화벨은 끈덕지게 울려댔다. 나는 에라 모르겠다 생각하고, 종료 버튼을 강제로 눌렀다.

"너 들어가면 언니한테 또 혼나겠네."

"불난 집에 부채질할래?"

나는 재승이를 화풀이 상대로 생각하고 마구 성질을 냈다. 재승이 집이어서 큰 소리로 그러진 못했지만.

집으로 돌아가는 길. 언니한테서 또 전화가 왔다. 또 스트레스 지수가 상승하는 것 같았다. 나는 확 종료 버튼을 눌렀다. 그리고 엄마에게 바로 전화를 걸었다.

"엄마, 언니 때문에 못 살겠어. 내가 자기 때문에 무조건 열시만 되면 귀가해야 하는 게 말이 돼? 자기 피부 때문에 일찍 잔다고 그 시간에 들어오라는 게 말이 되냔 말이야. 그리고 늦게 들어오더라도 자기한테 알리래. 내가 왜 알려야 하냔 말이야. 오늘은 무슨 일이 있었는 줄 알아? 내 샤넬 가방을 중고 매장에 팔아버렸어. 엉엉엉."

샤넬 가방 이야기가 나오자 또 눈물이 앞을 가렸다.

"너거는 어째 허구한 날 싸움박질이고, 으잉? 엄마 아빠 죽고 나면 남는 건 형제밖에 없는데 지금부터라도 잘 지내야 할 거 아이가. 엄마 없을 때는 언니가 엄마 대신이다. 이제부터라도 언니 말 좀 들어라. 그리고 니는 언니 없는 틈을 타서 언니 옷 입고 나갔다면서 언니 성질 모르나? 우짜자고 그런 짓을 저질렀노! 집안에 분란 좀 일으키지 마라."

엄마는 내가 듣고 싶은 말이라곤 하나도 하지 않았다. 지금 내가 전화를 건 이유는 엄마에게 위로의 말을 듣기 위해서라는 걸 모른단 말인가. 엄마는 '잘 지내'라는 말을 하고 있지만 언니한테 '잘해라'는 말로 들린다. 난 언니한테 잘하기 싫다. 언니는 쥐똥만큼도 잘하지 않으면서 왜 동생은 하라는 대로 하고 살아야 한단 말인가! 동생이 무슨 종도 아니고, 시키면 시키는 대로 해야 하는 존재란 말인가!

"엄마, 왜 언니가 엄마 대신이야? 생각만 해도 끔찍해. 엄마는 내가 듣고 싶은 말이 그런 거라고 생각해? 끊어. 흥."

나는 코를 풀었다. 갈 데만 있어도 오늘 집에 안 들어가는 건데. 집에 들어가면 어떤 잔소리를 들을지 벌써부터 걱정이 되었다. 나는 발소리를 죽여 살금살금 현관문을 열고 들어갔다. 언니가 통화하는 소리가 들렸다. 언니의 목소리가 심상치 않았다. 아빠와 통화하는 중인데 아마 소설 내용을 가지고 싸우는 모양이었다. 아빠가 고치라고 했는데 언니는 고칠 수 없다고 했겠지. 언니는 작가가 되면서부터 아빠와의 통화가 부쩍 늘었다. 아빠가 나한테는 전화 안 하는데. 하긴 내가 푼 문제를 보고 뭐라 할 것도 아니니까. 언니가 전화를 끊었다. 잠시 후 다시 소리가 들렸다. 이번엔 신문사와 통화하는 것 같았다. 점점 언니의 목소리가 커졌다. 기운이 심상치 않았다.

"쓰고 싶은 대로 쓸 수 없다면 쓰지 않겠습니다."

말이 끝나기가 무섭게 핸드폰을 던지는 소리가 들렸다. 쯧쯧. 성격하고는. 저런 식으로 사회생활 하니까 안 되는 거야. 살랑살랑 꼬리도 흔들면서 적당히 맞춰가며 해야지, 독불장군도 아니고 자기가 제일 잘난 줄 안다니까. 나니까 언니랑 사는 거지. 다른 애 같았으면 벌써 집을 나가도 한참 전에 나갔다.

언니는 문을 험하게 열었다.

"니 왜 이제 오는데. 왜 내 전화 씹는데."

내가 재승이에게 그랬듯이, 언니의 화풀이 대상이 지금 내가 되려고 하고 있었다. 나는 먹잇감으로 걸려든 것이다. 이를 어떡하면 좋지? 타이밍도 운을 안 따라준다.

"사정이 있어서 못 받은 거거든. 그리고 내가 언제 오든 상관 좀 하지 말아줄래?"

"니 언제 오라는 거 상관하려고 전화한 거 아니다."

"그럼 뭔데?"

나는 아까보다 약간 목소리를 낮췄다.

"이 집 계약 만료 거의 다 됐다. 그래서 우리 새로 투룸 알아보러 다녀야 한다. 난 내일 시간 없으니까 니가 알아봐라. 모레는 내가 알아볼 테니까. 이 말 하려고 전화했는데 더럽게 안 받는 건 뭔데?"

새로 이사를 가야 한다고? 이 집보다 더 좋은 데로 이사 갈 수 있단 말이지? 어디서 사는 게 좋을까? 이번에는 서울로 가는 거다. 학교에서 가까운 망원동? 신촌? 나는 깔끔한 화이트 톤으로 되어 있는 풀옵션 투룸에서 사는 모습을 상상하며 잠자리에 들었다.

다음 날. 나는 일찍부터 준비했다. 학교는 오후에 가면 되지만 집을 알아보기 위해서였다. 이를 닦는데 속이 메슥거렸다. 나는 입안에 있는 양치물을 뱉어냈다.

웩 웩. 속 안의 것을 게워내려고 했지만 신물만 나왔다. 갑자기 팥죽이 먹고 싶어졌다. 밖으로 나왔다. 편의점에 가 팥죽을 샀다. 팥죽을 먹으니 속이 좀 안정되었다. 그래도 내가 원하던 그 맛이 아니어서 아쉬웠다.

나는 망원동과 연신내, 신촌 주변으로 부지런히 발품을 팔며 투룸을 알아보았다. 부동산 아저씨는 차를 몰고 자신의 구역이 아닌 곳까지 나를 데려다주며 집을 구경시켜주었다. 100% 마음에 드는 곳은 찾기 힘들었다. 집이 넓으면 더러웠고, 집이 깨끗하면 좁았다. 괜찮은 집은 현재 투룸의 가격을 훌쩍 넘어섰고, 싼 곳은 오래된 집이 대부분이었다. 무엇 하나 흠잡을 것 없이 훌륭한 곳은 지하였고, 혹은 5층인데도 엘리베이터가 없었다. 100% 마음에 드는 곳이 하나 있었지만 집으로 오는 길이 어두컴컴하고 무서웠다. 이것저것 다 대보아도 마음에 드는 집은 발견하지 못했다. 그나마 덜 더럽고 덜 좁고 가격에 적당한 투룸을 알아냈다. 한 가족이 살고 있는 집이었다. 집 구조가 특이했다. 약간 삼각형 모양이었다. 오른쪽은 언니 방, 왼쪽은 내 방을 하면 되겠다고 생각했다. 그날 나는 다섯 시간 동안 킬힐을 신고 돌아다닌 탓에 허리와 발이 부서질 것 같았다. 학교까지 택시를 타고 갔다. 온몸이 쑤셨다. 집 구하는 게 이렇게 힘들 줄이야.

하긴 내가 살 집이니까 신중에 신중을 기해야 하긴 하지만.
나는 수업시간 내내 졸았다. 다행히 쿵쿵이나 페라리 씨가 듣는 수업이 아니어서 이미지 관리를 할 필요는 없었다. 레종과 성미는 졸고 있는 내가 안돼 보였는지 잠깐 나가자고 했다. 나는 수업시간 중간에 나가서 커피를 마시며 잠을 쫓았다. 레종은 담배를 피웠고 성미는 다이어트 약을 삼켰다.

나는 언니에게 문자를 보냈다. 망원동에 있는 한강부동산을 찾아가면 언니를 알 테니 그 아저씨가 보여주는 집을 보란 내용이었다. 언니는 알겠다고 답장을 보내왔다. 잠이 달아난 나는 다시 들어가 수업을 들었다.

하루가 어떻게 갔는지도 모를 정도로 나는 헤롱헤롱거렸다. 집에 가는 버스에서도 역시나 졸았다. 벨소리에 잠이 깼다. 언니였다.

"어땠어?"

"내 방에 거미줄 있는 거 못 봤나? 그런 집에서 어떻게 사는데? 개미 한 마리 거미 한 마리 나오면 안 된다. 무조건 깨끗한 신축 건물, 혹은 지은 지 일이 년 된 집이어야 한단 말이다. 넌 도대체 뭘 보고 다닌 건데?"

나는 잠이 확 달아났다. 내가 오늘 개고생 한 건 모르고 저렇게 윽박을 지르다니. 그 근처에 그만한 집을 구하기 힘들다는 걸 내일 깨달아봐야 정신을 차리지. 어떻게 단번에 별로라고 할 수가 있지? 내 정성을 무시해도 보통 무시하는 게 아니다.

"그럼 언니가 한번 해봐. 집 보러 다니는 게 얼마나 힘든 줄 알아?"

나는 전화를 끊었다. 아무리 생각해도 억울하다. 나처럼 킬힐 신고 가서 다리나 접질리길. 생각만 해도 고소하다. 나는 아무도 듣지 못하는 목소리로 킬킬댔다.

다음 날 언니는 이른 점심을 먹고 일찍 나갔다. 집을 보러 가는 거겠지. 흥, 어디 한번 당해봐라.

오늘은 학교에 가지 않는 날이므로 집에서 과제를 하기로 했다. 침대에 엎드려서 노트북을 켰다. 막상 과제를 하려니까 귀찮다. 얼마 전에 다운받은 로맨틱 코미디 영화나 봐야겠다. 새우깡이랑 콜라를 먹으면서 보면 영화관 분위기가 나겠지? 나는 부엌에서 그것들을 가져왔다. 뒹굴거리며 영화를 보고 있는데 언니한테서 전화가 왔다.

"괜찮은 복층 오피스텔 봐놨다. 니도 와서 같이 보든가."

같이 볼래도 아니고 같이 볼까도 아니고 같이 보든가는 뭐냔 말이다. 아무튼 말 하나는 재수 없게 잘한다. 나는 곧 망원동으로 가겠다는 말을 한 후 전화를 끊었다. 복층 오피스텔? 관리비는 좀 나가겠지만 돈 버는 언니가 알아서 할 테니까 내가 알 바는 아니다. 이럴 때 동생인 게 좋다. 책임

감과 의무감으로부터 회피할 수 있다.

　언니와 공인중개사 아저씨가 있는 복층 오피스텔에 도착했다. 내가 생각했던 오피스텔보다 좀 작았다. 우리 짐들이 다 들어갈 수 있을까? 하는 의문이 들었다. 그리고 위층은 내가 허리를 구부려야 들어갈 수 있는 정도였다. 키가 높은 물건들은 들어가지도 않겠군. 낮은 옷장들이나 들어가겠다.

　"니랑 내랑 조금이라도 덜 싸우려고 복층 오피스텔을 택했다. 아래층은 내가 쓴다."

　아무튼 자기 마음대로라니까. 나는 입을 삐죽 내밀었다. 언니는 '어디서 귀여운 표정 짓고 지랄이고?'라는 표정을 지었다. 나는 입을 더 내밀었다. 언니는 손가락으로 여기저기를 가리키며 말했다.

　"이곳에 책상 두고 내 침대는 여기 두고 화장대는 저기 두고, 니 물건은 키 낮은 것들만 위로 올리면 얼추 짐이 다 들어갈 것 같은데?"

　"냉장고도 있고 식탁도 있잖아. 그걸 생각했어야지."

　"아. 맞네."

　언니는 잠깐 고민한 후 말했다.

　"니 물건과 내 물건을 하나씩 버리는 수밖에 없다. 내는 침대를 버릴게. 밑에서 자도 뭐 상관없으니까. 니는 니 물건 중에서 제일 큰 책상을 버리는 게 좋을 듯하다."

"책상은 안 돼. 학생이 책상을 버리면 어떡해. 공부해야 한단 말이야."

"니 침대에 누워서 공부하잖아. 니가 책상에 앉아서 공부하는 거 내가 투룸 이사 와서 한 번도 본 적 없다."

"언니가 없을 때 자주 그렇게 공부했거든."

"니 노트북 사용할 때도 항상 침대에서 한다이가. 뭘 먹을 때도 침대에서 먹고, 공부도 침대에서 하고, 통화도 침대에서 하고, 텔레비전도 침대에서 보고, 뭐든지 침대에서 하면서 무슨 책상 타령이고?"

공인중개사 아저씨를 중간에 두고 우리는 미친 듯이 싸우기 시작했다. 아저씨의 난감한 표정 같은 건 안중에도 없었다.

"내게 책상은 필요해. 침대에서 공부할 때도 있지만 책상에서 하기도 하니까. 언니 물건을 하나 더 버리든가. 내 물건은 하나도 버릴 게 없어. 그러니 내 물건을 버리려는 생각은 하지 말아줄래?"

"왜 그렇게 인간이 이기적인데? 같이 사는 집이면 니나 내나 한 걸음씩 양보를 해야 할 거 아니가? 누군 침대 버리고 싶어서 버리는 줄 아나?"

"그럼 버리지 말든가!"

"야! 내가 아무 생각 없이 말하지 말랬제. 우리가 가지고 있는 돈은 한정돼 있잖아. 여기보다 더 큰 곳으로 갈 수 없는 거 모르나?"

"아무튼 난 내 물건 버리기 싫어. 싫단 말이야!"

"이게 어디서 억지를 부리고 있노? 야. 막말로 니만 없었어도 나는 이 복층오피스텔에서 떵떵거리면서 살 수 있었다. 니만 태어나지 않았어도 내는 지금의 부를 두 배는 누리고 살았을 거라고."

기가 막혀 아무 말도 나오지 않았다. 저게 언니로서 할 소리인가? 누군 자기 동생으로 태어나고 싶어서 태어난 줄 아나? 저런 게 내 언니인 줄 알았으면 태어나려다가 다시 엄마 자궁 속으로 들어가고 말았을 거다.

다른 언니들은 군말 없이 동생한테 옷도 잘 빌려주고 착하게 대해주던데, 내가 전생에 무슨 죄를 져서 저런 언니 밑에서 태어난 건지. 나는 화가 나 앞뒤를 생각하지 않고 냅다 소리 질렀다.

"그럼 따로 살든가!"

"야. 권지연. 아까도 말했지만 생각 없이 말하지 말랬제. 지금 살고 있는 집 누구 돈으로 얻은 건데? 투룸 전세금으로 각자 살고 싶은 원룸을 두 개나 얻을 수 없다는 거 니도 알잖아?"

"우리 학교 근처는 방값 싸다고, 엄마가 정 그러면 얻어

줄 수 있다고 했어!"

　언니는 잠시 동안 할 말을 잃었다. 갑자기 부리부리한 눈이 커졌다.

　"니 지금 말 다 했나? 이미 작당하고 엄마한테 다 말했다 이거제? 좋다. 이참에 영원히 갈라서자. 니 입으로 먼저 말했다. 딱 두고 보자."

　두고 보자는 사람치고 무서운 사람 없더라. 쳇. 언니는 말을 마치기가 무섭게 오피스텔에서 나가버렸다. 이러지도 저러지도 못하는 표정의 공인중개사 아저씨와 나만 남았다.

　"죄송해요. 원룸을 알아봐야 할 것 같아요……."

　"그럼 원룸을 알아봐 드릴까요?"

　"아니요…… 경기도 싼 곳에 가서 얻어야 하기 때문에…… 그럼 수고하세요."

　언니가 뛰쳐나간 탓에 나 혼자 뒷수습을 해야 했다. 아무튼 치고 빠지는 데 선수다. 일이 이렇게 됐으니 이제 원룸을 각자 구해야 하는 건가? 엄마한텐 어떻게 말하지? 세탁기도, 냉장고도 하나씩 더 사야 하나? 엄마가 잔소리할 텐데……. 하지만 뒷일을 걱정하지 않고 지르는 게 나의 특기다. 그건 그때 가서 생각하고 일단 내가 살아야 할 원룸을 찾기로 했다.

권혜미 | **선수 치는 데는 선수**

"방만 구해야 하나. 살림살이도 사야 할 거 아인가베. 냉장고에, 전자렌지에, 세탁기에. 아이고마, 생각만 해도 머리가 어질하다. 관리비도 두 배로 들고…… 와 이렇게 일을 저질렀노, 으잉?"

엄마는 나에게 하소연을 했다. 엄마의 목소리가 너무 크게 들렸다. 나는 통화 음량을 최대한 줄였다.

"가가 먼저 따로 살자고 했다. 내는 아무 죄도 없다. 그 말을 따르겠다고 한 것뿐이지."

"처음에 따로 살고 싶다고 니가 엄마한테 말했다이가. 그걸 지연이한테 말했었는데…… 지연이가 그래서 니한테 따로 살자고 했나 보네."

"엄마는 지연이한테 그런 말을 왜 하는데? 좋은 말도 아닌데."

내 소원대로 따로 살게 되었지만 엄마가 그 말을 지연이에게 한 것이 마음에 걸렸다. 내가 따로 살고 싶어 한다는 걸 지연이는 예전부터 알아왔다는 말 아닌가. 섭섭했을까? 그럴 리가 없다. 아, 섭섭했겠지. 더 이상 내 옷을 입을 수 없으니까.

"고마 둘이 살아라. 빨리 화해해라."

"이미 엎질러진 물인데 무슨 화해. 그리고 예전에도 말했듯이 지연이가 내 옷 훔쳐 입는 게 얼마나 스트레스 받았으면 내 혼자 물건 들고 고시원 들어가 버릴까 하는 생각까지 했겠노? 내가 피해잔데 지가 나가야지. 내가 왜 가 때문에 노심초사해야 하는데? 가가 내 옷 어떻게 입는 줄 아나? 콧물을 소매로 닦고, 더러운 거 묻어도 자기 옷 아니려니 하고 북북 문지르는 아다. 내 구두 신고 나가서 굽 부러뜨려서 오고, 내 백 들고 나가서 흠집 내서 오는 인간이다. 좋아, 다 좋다고. 말 하면 빌려주는 걸 왜 도둑년처럼 몰래 가져가는데. 엄마는 누가 엄마 옷 그렇게 몰래 가져가서 함부로 입으면 좋겠나? 내가 왜 권지연이랑 살아서 이런 스트레스를 받아야 되냐고!"

부산에서 뱉어내는 엄마의 한숨 소리가 내가 있는 경기

도까지 크게 들려왔다.

"땅 파믄 돈이 나오나. 아이고, 누구한테 돈을 빌리든가 해야겄다. 너거들 때문에 내가 못 산다!"

"최대한 있는 돈 맞춰서 집 구할게. 그리고 요즘엔 풀옵션이라 냉장고나 세탁기는 안 사도 된다."

엄마는 아무 말이 없었다. 나는 계속해서 엄마를 설득했다.

"엄마. 작가는 작업실이 있어야 된다. 나만의 공간이 있어야 상상력이 더 가중된다카이. 가가 있으면 집중이 안 된다. 안정된 마음으로 일을 할 수가 없단 말이다. 일 이렇게 된 거, 차라리 잘된 거다. 언젠가는 째지고 싶었다고."

엄마와 나는 한 시간 넘게 통화를 했다. 돈은 한정돼 있으니 먼저 좋은 집을 구하는 사람이 유리하다. 내일 일찍 일어나기 위해 나는 저녁을 먹고 바로 잠자리에 들었다.

다음 날. 나는 관악구와 서대문구를 중심으로 풀옵션 원룸을 알아보러 다녔다. 부지런히 발품을 판 결과 꽤 만족할 만한 집을 구했다. 지은 지 1개월 된 신축 건물에 풀옵션까지 있는, 아무도 산 적이 없는 새 방이 당첨되었다. 지하철역에서 느린 걸음으로 10분이 걸렸다. 오가는 길 옆에 도로가 있어 위험할 것 같지 않았다. 책이 많은 탓에 조금 좁게 살아야 할 것 같았다. 투룸에서의 내 방보다 작았기 때문이다. 그래도 권지연이랑 얼굴 맞대고 사느니 작은 집에서 혼자 떵떵거리며 사는 게 훨씬 낫지. 엄마는 내가 살 집 주인 아줌마와 통화를 하더니 오케이를 내렸다. 현재 살고 있는 투룸의 전세가는 6천5백만 원이었다. 나는 그중에서 5천만 원을 쏙 빼먹었다. 권지연 어디 맛 좀 봐라. 자기 학교 근처에 싼 집을 얻을 수 있다고? 남은 천5백만 원으로 반지하를 구하든 옥탑방을 구하든 니 마음대로 해라. 나는 회심의 미소를 지었다. 권지연이 무계획적이고 즉흥적인 데 반해 나는 계획적이고 밀도 있는 사람이다. 그러니 내가 선수 치는 데는 선수지. 왜냐고? 나는 삶의 틀이 오밀조밀하게 짜여 있으니까. 나는 엄마에게 원룸을 설명하며 무조건 여기서 살아야겠다고 했다. 그럼 지연이는 어떡하느냐는 엄마의 말을 무시하고 전화를 끊었다. 지하철 안에서 이삿짐센터에 전화를 했다. 이사는 내일 하기로 했다. 모든 것이 일사천리로 진행되었다. 통화가 끝난 후 바로 곯아떨어졌다.

몸의 시계란 정확한 것이어서 저절로 눈이 떠졌다. 하지만 간발의 차이로 내려야 할 역을 지나칠 뻔했다. 간신히 내린 나는 무거운 걸음으로 집으로 향했다.

권지연은 오늘 외출을 하지 않은 모양이었다. 잠옷을 입은 채 침대에 앉아 노트북을 보고 있었다. 저게 그러면 그렇지. 책상은 쓰지도 않는 주제에. 책상에 먼지가 풀풀 내려앉은 지 오래일 거다. 나는 권지연 뒤통수를 향해 발걸음을 죽이며 동생 방으로 들어갔다. 노트북 화면이 점점 크게 보였다. 권지연은 뭔가를 열심히 검색하고 있었다. 풋. 나는 겨우 웃음을 참았다. 권지연은 외제차를 검색하고 있었다. 진짜 허영심에 쩔어도 보통 쩐 게 아니다. 중고차 살 돈도 없으면서 외제차? 중고차는커녕 운전면허 딸 돈도 없는 게 권지연 너의 현주소다. 나는 다시 발걸음을 살살 옮겨 내 방으로 들어갔다.

오후에 권지연이 나갔다. 방을 알아보러 다니는 모양이다. 과연 내 말이 맞았다. 권지연은 몇 시간이 지나지 않아 내게 전화를 걸어 울음을 터뜨렸다. 그 눈물이 연기라는 건 이미 많이 겪었기 때문에 전혀 흔들리지 않았다.

"그렇게 돈을 많이 쓰면 어떡해? 난 어떡하라고?"

"먼저 따로 살자고 한 게 누군데? 난 거기에 동의하고 움직였을 뿐이다. 억울하면 먼저 집 구했어야지. 누굴 탓하고 있노?"

"언니 때문에 구린 데 살게 됐잖아."

"그게 내 탓이가? 니 탓이지."

"서울역에서 엄마 만나서 방 구하러 학교 근처를 돌아다녔는데 이 돈으로는 집을 구할 수가 없었어. 엄마가 가지고 온 돈까지 합쳐서 겨우 방을 얻었는데 졸라 구려. 도배를 새로 해준다고 했지만 찜찜해. 무엇보다도 개미가 나타난단 말이야."

"헉, 진짜? 몇 마리나? 많이 나타나나?"

개미라는 단어에 나는 바로 경직되었다. 내 얼굴엔 먹구름이 가득 끼었다.

"개미 검정 색깔 배 보니까 무서워서 미칠 것 같아. 너무 까매. 약국에서 박멸제를 사긴 했는데 설치해야 해. 설치하는 것조차도 무서워. 박멸제를 내 손에 들고 있다는 것만으로도 미칠 것 같아."

동생이 진짜로 울고 있다는 걸 깨달았다. 나도 같이 눈물이 나왔다. 개미란 왜 이렇게 무서운 것인가.

"으…… 니 심정 백 프로 이해한다. 개미 있는 집에서 살게 됐다니, 조금 미안한 마음이 들지만 내 일이 아니라서 그래도 별로 신경은 안 쓰이네. 진짜 내라면 미칠 것 같은데. 진심으로 박멸하기 바란다."

그날 저녁. 엄마와 셋이서 밥을 먹었다. 엄마는 동생 생일 이야기를 했다.

"지연이 생일도 다가오는데 언니 서울로 이사 가기 전에 뭐라도 같이 해야 하는 거 아이가?"

같이 하긴 뭘 같이 해. 나는 속으로 중얼거렸다. 하지만 본심과 다르게 말이 나왔다.

"엄마도 왔고, 지연이 생일도 다가오니까 내가 명동에 있는 레스토랑 쏘도록 할게. 내일 저녁에 만나면 되겠네. 난 엄마랑 같이 신림에 있는 내 원룸에서 명동까지 올라가고, 지연이 넌 지금 있는 이 투룸에서 명동까지 내려와서 만나고. 밥 먹은 후에는 엄마는 지연이랑 같이 올라가면 되겠네. 지연이 이사하는 거 도와줘야 하니까."

결코 권지연이 좋아서 예뻐서 사주는 게 아니다. 다만 내가 명동에 있는 그 레스토랑에서 스파게티를 먹고 싶고, 엄마도 스파게티를 좋아하니까, 엄마가 서울에 왔으니까 사는 거다. 거기에 권지연은 덤으로 끼운 거다. 난 속으로 계속해서 단정 짓고 있었다. 지연이는 그렇게 하겠다고 했다. 엄마도 피자와 스파게티를 오랜만에 먹겠다며 좋아했.

다음 날 오전, 이삿짐센터에서 전화가 왔다. 곧 도착하겠다는 말이었다. 잠시 후 체구가 작아 보이는 아저씨가 한 명 들어왔다. 저 체구로 책장과 침대를 들 수 있을까. 나는 걱정이 되었다. 하지만 역시 베테랑은 다른 모양이었다. 어떻게 하면 최소한의 힘으로 들 수 있는지를 알고 있는 것 같았다. 내 방에 있는 가구와 물건들이 하나하나씩 없어졌다. 가구가 있던 자리는 먼지가 뭉친 상태로 굴러다녔다. 저절로 인상이 찌푸려졌다. 권지연이 내 방에 오더니 소리쳤다.

"이렇게 더러운 집에서 오늘 밤 자야 한단 말이야? 언니는 왜 이렇게 이사를 빨리 하는 건데!"

"저리 비켜라."

권지연은 입을 삐죽거리며 밖으로 나갔다. 저놈의 입을 그냥. 주먹으로 칠 수도 없고. 어느새 이삿짐은 다 옮겨져 있었다. 엄마와 나는 아저씨의 옆자리에 탔다. 트럭이 출발했다. 막상 동네를 떠나려니 무척이나 아쉬웠다. 집 앞에 있던 놀이터. 눈이 오는 날이나 주말에는 아이들의 노는 소리 때문에 아침부터 잠이 깼었다. 집 바로 옆에 있는 과일 가게. 단골이니까 한 개 더 얹어달라고 떼를 쓰면 어김없이 주었다. 그 앞에 있는 세탁소. 벌레를 잡아달라는 이상한 주문에도 웃으며 잡아주던 아저씨. 비가 오기 전날이면 노래를 부르며 동네를 돌아다니던 남자. 그는 내가 없어진 후에도 노래를 부르겠지. 내가 없어도 이곳은 여전히 잘 돌아가겠지. 언젠가는 잊히겠지만 얼마간은 잊지 못할 추억들. 다시 새로운 추억들로 뒤덮여질 과거의 추억들. 갑자기 나는 감상에 빠졌다. 차는 출발했다. 안녕. 가끔 심심하면 놀러 올게.

서울까지는 약 한 시간이 걸렸다. 길이 막힌 탓이었다. 내 방은 3층이었다. 무거운 것들을 들고 올라가기엔 아저씨가 힘에 부칠 것 같았다. 엄마는 아저씨가 마실 음료수를 사오라며 돈을 주었다. 아저씨는 부지런히 이삿짐을 날랐고 엄마는 그것들을 정리했다.

 그날 밤이 돼서야 이삿짐은 겨우 정리가 되었다. 엄마와 나는 저녁을 해 먹을 기력이 남아 있지 않았다.

 자장면과 짬뽕을 시켰다. 엄마가 짬뽕 국물을 마시며 말했다.

 "니는 침대에서 자라. 나는 밑에서 자야겠다. 그나저나 넓은 데서 살다가 좁은 데서 살겠나."

 "권지연 가만 없으면 된다."

 다음 날. 아침부터 비가 내렸다. 가랑비이긴 했지만 길이 추적거렸다. 명동을 가기 위해 엄마는 일찍부터 화장을 했다. 그때 내 핸드폰에서 문자 소리가 들렸다. 동생이었다.

 ─오늘 못 갈 것 같아.

 이유나 변명도 대지 않고, 밑도 끝도 없는 '오늘 못 갈 것 같아'. 이게 죽으려고. 엄마에게 문자를 보여주었다. 엄마는 화장을 멈추었다. 김이 팍 샌 것 같았다. 나는 열이 받아서 빠르게 답문을 했다.

 ─엄마 혼자서 신림에서 투룸 있는 경기도까지 지하철 타고 가려면 얼마나 외롭겠노? 그걸 생각해서라도 중간지점인 명동에서 만나야 할 거 아니가? 엄마가 니 이사 도와줄 거 생각해서라도 나와야지!

 보낸 지 1분 만에 바로 답문이 왔다.

―그러게 누가 그렇게 멀리 가래?

열이 확 받았다. 권지연과 같이 살지 않아도 이렇게 열이 받는구나. 나는 너무 열이 받아서 권지연 번호를 스팸 처리 해버렸다. 앞으로 너랑은 문자도 전화도 하지 않겠다. 내가 하면 미친년이다.

"가가 원래 싸가지가 없다이가. 전화해서 따지고 싶지만 내가 뭐가 아쉽다고 그랄끼고? 내비두라."

엄마는 힘없는 목소리로 파우더를 닫으며 말했다.

"엄마, 우리 둘이라도 명동 가서 먹을까?"

"됐다. 여기서 밥이나 차려 먹자."

엄마는 완전히 김이 샌 것 같았다. 엄마가 지하철 갈아타는 것을 어려워하는 것도 뻔히 아는 년이 저런단 말인가. 권지연은 효심이 있는 척하면서 결정적일 때 없는 게 드러난다니까. 엄마와 나는 비가 추적추적 내리는 소리를 들으며 마주 보고 점심을 먹었다. 내가 설거지를 하겠다고 했지만 엄마는 벌써 고무장갑을 끼고 있었다.

"지연이 이사 도와주고 밤차로 내려가야겠다. 못된 년."

"가가 그렇게 싸가지가 없다니까. 내가 얼마나 당했는지…… 휴."

나는 고개를 세차게 흔들었다. 그 인간과 한지붕 아래서 싸웠던 기억만 해도 소름이 끼칠 정도였다.

＊

　권지연의 생일날이 되었다. 그러거나 말거나이긴 하지만. 엄마한테 전화가 왔다.
　"지연이 생일인데 생일 문자 하나 보내줘라."
　"엄마. 그렇게 당해놓고도 모르나? 가한테 잘해줄 필요 없다니까? 엄마를 한 시간 넘게 지하철에 혼자 있게 한 사람이다. 엄마를 데리러 오지도 않았다고. 그런 아가 뭐가 예쁘다고 이삿짐 정리하는 걸 도와줬는지 알 수가 없네. 난 생일 축하 문자 보낼 마음 없다. 생일이란 건 진심으로 축하해 줘야 하는 거다이가? 가식적으로 그러는 거 내 스타일 아이다."
　"하나밖에 없는 언니가 그게 할 소리가? 잔말 말고 문자 보내주라. 엄마도 하나 보내줘야겠다."
　엄마는 할 말 다 하더니 전화를 끊었다. 생일 문자를 보내라고? 마음과는 다르게 나는 '생일 축하해'를 찍고 있었다. 다섯 개의 글자만 있으니 삭막해 보였다. 눈웃음이라도 붙일까? 그건 나한테 안 어울리는데. 컴퓨터를 켜고 엘지 텔레콤 사이트에 들어갔다. 생일 이모티콘 문자를 찾았다. 케이크를 쌓아놓고 촛불을 부는 이모티콘의 조합이었다. 이 정도면 생일 축하하는 것 같겠지? 나는 동생 핸드폰 번호를 찍어서 보냈다. 시간이 조금 흘렀다. 답문이 올 줄 알았는데 오지 않았다. 시간이 더 흘렀다. 나는 문자를 보냈다.

―왜 답장 안 하는데?

이렇게 보내는 내가 비참하게 보일 수도 있었지만 궁금한 건 알아내야 했다. 그래도 답문이 오지 않았다. 열이 받았다. 갑자기 예전에 동생 번호를 스팸 처리했던 게 생각났다.

그럼 그렇지. 답이 온 건데 내가 쇼를 한 거였어. 나는 스팸 메시지로 갔다. 과연 문자가 하나 와 있었다. 생일 축하해줘서 고맙다는 문자겠지? 나는 메시지를 확인했다.

―성의가 없어 보여서

갑자기 열이 확 받았다. '왜 답장 안 하는데?'에 대한 답이었던 것이다. 뭐? 성의가 없다고? 이 몸이 컴퓨터까지 켜서 엘지 사이트까지 들어가서 이모티콘 문자를 고르기까지 했는데. 뭐? 성의를 운운해? 이 인간이랑은 더 이상 상종할 필요가 없다. 그렇게 이를 북북 갈고 있는데 엄마한테 전화가 왔다.

"고년이 내 문자에 답문을 안 한다. 니한테는 왔나?"

진짜 어이가 없었다. 웃음밖에 안 나왔다. 뭐 나한테는 그럴 수 있다고 치자. 원래 사이도 안 좋았거니와, 그 인간 싸가지 없는 건 만천하가 알고 있으니까. 그런데 엄마 문자까지 씹었단 말인가? 이게 말이 될 법이나 한가? 엄마가 자식에게 생일날 축하한다고 보낸 문자를 씹어?

"아니, 내는 그렇다 치고 엄마 문자는 왜 씹는데? 진짜 그 거 미친 거 아니가? 그래서 내가 오냐오냐 키우지 말랬다이 가."

"혜미야, 엄마는 지금 열이 받아서 참을 수가 없다. 내가 자식 교육을 잘못 시켜도 오라지게 잘못 시켰나 보다."

엄마의 목소리가 떨리고 있었다. 이럴 때 보면 엄마는 내 언니 같다(세 자매 같다).

"엄마. 진정해라. 엄마 문자는 바빠서 확인 못 했을 수도 있잖아."

"만약에 확인했는데 내 문자를 씹은 거면 어떡하노?"

"정 궁금하면 전화해서 물어보든가. 나처럼 왜 씹냐고 메 시지를 보내보든가."

"내가 말라 그럴끼고? 자존심 상한다. 내가 지한테 아쉬 울 게 뭐가 있노? 아쉬운 건 지다. 내가 지를 더 필요로 하 나, 지가 내를 더 필요로 하나? 용돈 쓰는 것부터 시작해서 지가 내를 얼마나 필요로 하는데? 나중에 아쉬워서 내한테 손 벌리기만 해봐라. 입 싹 닦아뿔끼다. 가는 국물도 없다."

엄마는 단단히 삐친 듯했다. 크큭. 잘되고 있군. 권지연이 상종할 종자가 못 된다는 걸 엄마가 깨달은 셈이다. 이런 걸 보고 자업자득이라고 하지.

앞으로 권지연 용돈을 주지 말라느니, 그래서 엄마의 소중함을 깨닫게 해줘야 한다느니, 앞으로 등록금도 지가 내라고 해야 한다느니, 예전에 생일 선물로 사줬던 옷도 회수하라느니, 등등 나는 엄마에게 충고를 아끼지 않았다. 엄마는 내 말을 듣고도 분이 풀리지 않는 모양이었다. 어디 한번 두고 보겠다며 엄마는 전화를 끊었다.

컴퓨터 화면에는 엘지 텔레콤 사이트가 빛을 뿜어내고 있었다. 이렇게 이모티콘까지 동원해서 보낸 게 무슨 소용이람? 남의 은혜를 똥같이 여기는 인간에게. 나는 한글 문서창을 켰다. 소설이나 계속 써야겠다. 더 이상 칼럼은 쓰지 않는다. 외부의 압력에 의해서라고만 말해놓겠다. 소설을 몇 장이나 썼을까. 꽤 많은 양을 쓰고서 기지개를 켰다. 벨소리가 울렸다. 엄마였다. 웃음이 나왔다. 또 어떤 소식을 가지고 씩씩거릴지 궁금했다.

"야, 너거 동생 때문에 엄마가 진짜 돌겠다."

"왜? 무슨 일인데?"

나는 신이 났다.

"내가 속에 천불이 나가지고 문자를 했다이가. 왜 답장 안 했냐고 하니까 뭐라는 줄 아나. 생일날인데 우울해서 아무랑도 말을 안 하고 싶단다. 그래서 다른 애들 문자도 다 씹었단다."

"진짜 어이가 없구만. 그걸 엄마한테 말해서 어쩌라는 건데? 답장도 안 한 주제에 달래주기라도 바라는 거가? 다른 사람 문자를 다 씹었더라도 엄마한테 그라믄 안 되지."

"내 말이 그 말이다. 내가 얼마나 문자를 길게 보냈는 줄 아나? 내가 보낸 문자 읽어줄까?"

잠시 후 엄마는 자신이 보낸 문자를 읽었다.

"'지연아. 이 세상에 태어나줘서 너무 고맙다. 너는 엄마의 기쁨이다. 너의 스물다섯 번째 생일을 축하한다.' 이렇게 보냈었다. 근데 그기 내 문자를 씹어뿟다이가."

"문자를 늦게 봤다고 핑계를 댔어도 될걸 꼭 그렇게 알려야 해? 나 지금 무지 우울해, 우울하거든, 아주 많이 우울해, 라고 표현하는 이유가 뭔데? 이해할 수가 없는 년이네."

"엄마가 서운하다고 하니까 다시는 이런 일 없다고 하긴 하더라마는."

"그 말을 믿나? 당할 만큼 당해봤다이가? 걘 뒤통수치기 전문인 거 엄마가 잘 알잖아. 내년 생일 때는 전화까지 씹을 년이다."

"가가 엄마한테 사과는 했다만 싸가지가 없다. 누굴 닮아서 싸가지 밥 말아 먹었는지 모르겠다."

엄마와 동생 욕을 한바탕 하고 전화를 끊었다. 그리고 아주 좋은 기분으로 글을 계속해서 써 내려갔다.

9

권지연 - 우울증을 해소하는 데는 역시

권혜미 - 남자친구가 생기다

권지연 | **우울증을 해소하는 데는 역시**

 아빠가 서울에 출장을 온다고 하여 이사한 원룸에서 자고 가기로 했다. 아빠 때문에 여간 불편한 게 아니었다. 일단 내가 보고 싶은 채널을 볼 수가 없었다. 뉴스를 틀어서 보는데 어찌나 크게 틀고 보는지 옆집에서 항의가 들어올까 봐 불안할 정도였다.

 아침에는 화장실에서 아빠가 세수를 하고 코를 푸는데 얼마나 시끄러웠으면 내가 그 소리에 잠이 깼겠는가. 화장실에 들어가자 벽면에 물이 튀겨져 있었다. 세수도 어찌 그리 요란하게 하는지 그것도 재주란 생각이 들었다. 아빠 때문인지 모르겠으나 꿈자리도 뒤숭숭했다. 꿈에서 재승이와 헤어지는 꿈을 꿨다. 사실 어제 재승이와 한바탕 크게 싸웠다. 재승이는 데이트를 하면서도 편입 이야기만 했고 앞으로 뭘 먹고 살아야 할지 모르겠다며 우울한 이야기만 했다. 나는 웬만큼 달래주었지만 계속 그런 이야기만 하니 짜증 났다. 나는 푸념만 늘어놓는 재승이에게 화를 냈다. 그러자 재승이도 덩달아 화를 냈다. 나는 더 화를 냈고 우리는 길거리에서 싸웠다. 그리고 나는 예전부터 하고 싶었던 말, 헤어지자는 말을 하고 말았다. 재승이는 그 이후로 연락이 없다. 오늘이 내 생일인 걸 알고는 있는 건가. 내가 헤어지자고 했지만 막상 문자 한 통 없으니 서운한 감정은 어찌할 수가 없다.

 새로 도배한 풀 냄새 때문에 코가 시큰거렸다. 창밖에는 비가 내리고 있었다. 가뜩이나 우울한 기분이 더 우울해졌다. 이럴 때 쿵쿵이에게서 문자나 전화가 오면 기분이 좀 풀어질 텐데. 외롭고 소외된 기분이다. 감정이 해수면 바닥까지 내려간 것 같다. 나는 감정의 기복이 크다. 맑다가 흐리다가 어둡다가 한다. 그때였다. 문자가 한 통 왔다. 엄마다. 생일 축하한다는 내용이다. 핸드폰을 닫는다. 더 우울하다. 엄마만큼은 전화를 할 줄 알았다. 이렇게 문자 한 통만 틱 보내는 엄마가 밉다. 문자 소리가 또 울린다. 이번엔 언니다. 이모티콘으로 잔치를 하고 있다. 언니 것은 삭제한다. 이런 식으로 성의 없게 문자 보낼 바엔 안 보내는 게 낫다.

제9장 181

갑자기 눈물이 난다. 이 세상에서 나 혼자만 고립된 것 같고 외톨이가 된 것 같다. 나는 엉엉 운다. 무릎에 얼굴을 묻고 하늘에서 내리는 비처럼 그렇게 운다. 울고 나니 마음이 괜찮아지는 것도 같다. 언니에게서 왜 답장을 안 하는지 문자가 온다. 나는 내가 느꼈던 대로 말한다. 언니에게서 더 이상 문자가 없다. 자기도 성의 없이 보냈다는 건 알고 있나 보다. 엄마한테 전화가 온다. 언니랑 똑같은 질문을 한다. 나는 대충 둘러댄 후 전화를 끊었다. 왜 이렇게 다들 나를 괴롭히는지 모르겠다. 갑자기 즐겨찾기 한 쇼핑몰에서 봐뒀던 구두가 생각났다. 언니에게 바로 문자를 보냈다.

─언니, 사고 싶은 게 생각났어. 나 구두 사줘.

잠시 후 언니에게 문자가 왔다.

─비 오는 날 먼지 나도록 맞고 싶냐?

왜 이렇게 재수 없게 답문을 하는지 모르겠다. 생일이어서 그저 갖고 싶은 걸 말한 것뿐인데 꼭 이렇게 문자를 해야 하난 말이다. 밖에서 확성기 소리가 들린다.

목포에서 방금 잡아 온 싱싱한 세발낙지가 있다는 소리와 동시에 트럭이 멈춘다. 왜 하필 이 집 앞에서 이러는지 모르겠다. 낙지 하면 외계인밖에 생각이 안 난다. 대가리만 크고 다리를 이상하게 꼬는 외계인. 앞집 남자가 문 여는 소리가 들린다. 문 여는 소리가 고요함 속에 파문을 던진다.

앞집 남자를 한 번 본 적이 있다. 키가 2미터가 될 법한 장신이었다. 덩치도 좋았다. 앞집 남자는 먹을 것을 싣고 온 트럭 소리만 나면 밖으로 나간다. 지금도 어김없이 낙지를 사러 나간 모양이다. 잠시 후 바스락거리는 봉지 소리와 함께 앞집 남자가 복도를 걸어오는 소리가 들린다. 봉지 안에는 세 마리의 외계인이 빠져나가기 위해 바동거리고 있을 것이다. 보지 않아도 사생활을 침해할 수 있다니, 조금 웃기다. 어디선가 작은 노랫소리가 들린다. 귀를 기울인다. 옆집 여자가 노래를 크게 틀었나 보다. 엇, 이 노랜 내가 가장 좋아하는 Ne-Yo의 〈so sick〉 아닌가. 옆집 여자도 클럽을 좋아하나 보다. 노래를 들으니 갑자기 기분이 업된다. 동시에 클럽에 가고 싶은 욕구가 가슴을 충동질한다. 바로 레종에게 전화를 걸었다. "여보세요"가 들리자마자 나는 단도직입적으로 물었다.

"오늘 밤에 홍대 클럽 갈래?"

"나 오늘 할아버지 제사라서……."

"그래……."

이럴 때 왜 하필 제사냔 말이다. 힘이 쭉 빠진다. 레종은 생일 축하 문자를 보내려고 했다며 다음에 만나면 케이크라도 자르자고 했다. 나는 알았다고 한 후 전화를 끊었다. 다음 주자를 찾아야 했다. 성미에게 전화를 걸었다. 성미는 방학을 맞이해 턱 수술을 했다며 선풍기 아줌마 같은 얼굴이 된 탓에 만날 수 없다고 했다. 얼굴에 칼 대는 게 취미인가? 성미는 다음 주면 부기가 가라앉을 거라며 다음 주에 가자고 했다. 하지만 나는 지금 당장 가야 했다. 이 끓어오르는 욕구를 다음 주까지 유보시킬 순 없다. 일단 전화를 끊었다. 친구들이야 많지만 클럽을 갈 친구들은 마땅치 않았다. 하지만 오늘 꼭 가야 한다. 마침 오늘은 광란의 주말 토요일 저녁 아닌가? 별로 내키진 않지만 갈 수 있는 사람이 한 명 있긴 하다. 나는 조금 망설이다가 전화를 걸었다. 오늘의 목적을 달성하려면 약간의 수모는 견뎌야 한다.

"니가 좋은 말 들을 줄 알고 전화한 거가 지금?"

"히히. 언니, 뭐 해?"

일단 언니에게 우호적으로 보여야 한다. 나는 귀엽게 웃었다.

"뭐하긴. 글 쓴다."

"글만 쓰고 찌뿌듯하지 않아? 나한테 연극 초대장이 두 개 생겼는데 같이 안 갈래? 생일인데 갈 사람도 없고 우울해."

나는 울 것처럼 말했다.

"연극 보다가 또 처싸우자고?"

"설마 연극인데 우리가 소리 내면서 싸우겠어? 더군다나 팝콘이나 콜라를 가져갈 일도 없어. 저녁 아홉시 건데 같이 가줄 거지? 내 생일이잖아. 아잉."

"콧소리 따윈 저리 치워라. 누구 나오는지나 말해라."

"언니가 좋아하는 연기파 배우들 대거 나와."

"그렇다면 너의 죄를 특별히 사면하여 가든가 할게."

와우. 거의 다 넘어왔다. 나는 속으로 환호성을 질렀다.

"대신 언니 예쁘게 하고 와야 해."

"예쁘게?"

"짧은 미니스커트라든가 원피스라든가 그런 거."

"연극 보러 가는데 불편하게 왜 그러고 가는데?"

"기분도 낼 겸, 아무튼 예쁘게 하고 와. 홍대에 있는 소극장에서 아홉시까지야."

나는 전화를 끊자마자 환호성을 질렀다. 이제 언니를 만나기만 하면 된다. 나는 벌써부터 들떠서 옷들을 끄집어냈다. 에고이스트에서 산 보석 셔링 탑과 그 밑엔 청바지를 입는 게 나을까? 클럽 안은 더운데 청바지 입으면 땀이 나지 않을까? 그래도 탑 밑엔 청바지를 입어줘야 예쁜데.

쫙 붙는 탑이 포인트이기 때문에 짧은 치마와의 매치는 별로다. 아니면 펄이 들어간 호피 원피스를 입을까? 이건 너무 튀는가? 오프 숄더 스모크 원피스가 가장 적당할 듯하다. 어깨가 보여 섹시하면서도 하늘하늘한 원단으로 인해

청순해보일 것 같다. 특히나 원피스가 프리 사이즈라 나온 배를 커버해준다. 크큭. 오늘도 내가 클럽에서 1순위이겠군. 1등은 언제나 피곤하다.

홍대에서 언니를 만났다. 역시나 예상대로 언니는 내 말을 듣지 않았다. 미니스커트나 원피스는커녕 맨투맨 티에 짧지도 길지도 않은 어정쩡한 치마를 입고 왔다. 그리고 그 위에 이상한 점퍼를 하나 걸치고 왔다. 그나마 구두를 신어서 다행이었다.
"언니, 연극은 열한시부터 시작이야. 우리 수다나 떨자."
"뭔가 이상한데?"
"뭐가?"
"아깐 아홉시라면서 지금은 열한시에 한다는 것도 이상하고, 니가 나에게 수다나 떨자고 하는 것도 이상하고."
"언니, 오늘은 내 생일이니까 부탁 하나만 들어주면 안 될까?"
내가 점점 본색을 드러낼수록 언니의 얼굴이 일그러져갔다. 그래도 어쩔 수 없다. 이미 엎질러진 물이다. 여긴 책장 같은 것도 없으니 안심이다. 언니는 클럽 이야기를 듣자 바로 일어났다. 당장 집에 가겠다는 언니를 겨우 뜯어말렸다.
"언니, 생각해봐. 잠잘 시간 줄여서 몇 시간만 놀다 온다고 생각하면 별거 아냐. 그리고 이런 클럽 경험이 언니 글 쓰는 데 도움이 될 수도 있잖아? 클럽 입장료는 내가 내줄 테니까 언닌 그냥 클럽에서 사람들이 노는 걸 보면서 구상이나 하면 돼. 알겠지? 아잉, 그러지 말구 내 소원 좀 들어줘."

언니는 내 말에 화가 느슨해지는 듯했다. 역시 나는 말발이 좋다.

"내가 이런 데 그만 다니라고 했제. 여기 남자들이 얼마나 구린 줄 아나? 니처럼 그냥 재밌게 놀러 오는 애들이 아니란 말이다. 그런데도 이렇게 어깨끈도 없는 옷 입고 그런 애들을 홀리고 싶나? 스무 살 중반 넘었으면 이제 정신 차릴 때도 됐다이가?"

"그냥 내가 즐기고 싶어서 오는 거지, 남자애들 때문에 오는 거 아니야. 내겐 재승이도 있는걸."

"그걸 아는 년이 여길 오나? 재승이는 아무 말 안 하나? 니 또 몰래 가는 거제?"

재승이랑 헤어졌다는 말을 하려다 말았다. 나는 언니에게 호되게 잔소리를 들은 다음에야 클럽에 같이 가겠다는 말을 받아낼 수 있었다. 언니는 같이 가는 대신에 다시는 이런 곳에 오지 말라며 엄포했다. 나는 속마음과 다르게 고개를 끄덕였다.

드디어 기다리고 기다리던 클럽에 입장했다. 언니는 입장료를 계산하는 척하는 내게 너한테 돈이 어딨냐며 두 명의 입장료를 계산했다. 이것 역시 내가 계산하고 있던 장면이었다. 나와 언니는 사물함에 코트와 가방을 보관한 뒤 핸드폰만 꺼냈다. 어두컴컴한 가운데 휘황찬란한 불빛들이 왔다갔다 했다. 사람들은 벌써 만원이었다. 그런데도 사람들은 꾸역꾸역 차고 있었다. 역시 주말은 달라. 오늘은 수질도 꽤 훌륭한 편이었다. 언니와 나는 바에 갔다. 언니는 촌스럽게 아이스티를 시켰다. 나는 병맥주를 시켰다. 음악 소리에 내 목소리가 묻힐까 봐 나는 크게 말했다.

"언니, 이제부터 부비부비를 할 거야. 기겁하지 말고 그냥 하면 돼. 언니는 언니 상대방을 못 보니까 내가 언니 뒤에 있는 남자들을 평가해줄게. 언니의 엄지를 누르면 '아주 괜찮다'이고 검지를 누르면 '보통, 평범'이고 중지를 누르면 '졸라 구린 거'야. 오케이?"

"뭐라뭐라고? 다시."

언니는 클럽이 처음이라 긴장한 것 같았다. 나는 마치 아지트에 온 것 같았지만 말이다. 나는 언니에게 다시금 큰 소리로 친절히 설명해주었다. 언니는 사람들이 무서운지 내 손을 꽉 잡았다. 언니가 내게 어린아이처럼 구는 것은 처음이었다. 웃음이 나왔다. 부비부비가 시작됐다. 내 뒤에 한 명이 붙은 것이 느껴졌다.

　언니와 나는 손을 마주 잡고 있었다. 언니에게 어떻느냐는 신호를 보냈다. 언니가 엄지를 눌렀다. 아주 괜찮은 놈이라고? 언니의 눈을 믿을 수가 있어야지. 나는 뒤를 돌아 남자의 얼굴을 보고 싶었지만 아직 술이 취하지 않은지라 차마 그럴 수가 없었다. 부비를 계속하다가 이 새끼가 너무 달라붙으면 그때 얼굴을 확인해야겠다. 언니의 뒤에도 한 명의 남자가 따라붙었다. 오, 시발. 졸라 구리다. 나는 중지가 아닌 새끼손가락을 눌렀다. 언니의 표정이 묻고 있었다. '그렇게나 구려?' 나는 말할 필요도 없다는 듯 새끼손가락을 더욱 세게 눌렀다. 언니는 아픈지 손을 뺐다. 나는 언니를 이끌고 다른 쪽으로 갔다. 언니 뒤에 있던 남자와 서서히 멀어졌다. 클럽 초보자와 노는 것도 힘들군. 이렇게 하나하나 코치를 해주어야 하니 말이다. 아까부터 내 뒤에 있던 남자가 서서히 가깝게 붙는 게 느껴졌다. 숨소리가 변태처럼 느껴졌다. 이놈이. 나는 뒤를 확 돌았다. 순간 나는 얼어붙고 말았다. 거기엔…… 너무나 잘생기고 멋있는…… 쿵쿵이가 있었다. 쿵쿵이는 내 얼굴을 보더니 깜짝 놀라며 뒤로 물러났다. 클럽이 하도 어두운지라 나인지 몰랐던 모양이다. 아는 사람을 여기서 만나면 어색해지는구나…… 쿵쿵이와 나 사이에는 어색한 공기만이 맴돌았다.

"잘 지냈어?"

"어……."

"여긴 자주 와?"

"오늘 내 생일이라서 놀러 왔어."

"아…… 생일인 걸 몰랐네. 생일 축하해."

어색한 대화가 계속됐다. 우리는 부비를 하지 않고 마주 본 채로 춤을 추었다. 거기다가 언니까지 삼각형 구도가 이루어졌다. 나는 언니에게 쿵쿵이의 소개를 간략히 했다. 언니와 쿵쿵이가 인사를 나눴다.

새벽 한시가 넘어섰다. 인원은 더 이상 수용할 수 없을 정도로 꽉 찼다. 이 어둠, 그리고 고막이 터질 듯한 음악 소리가 없으면 우리는 이렇게 춤을 출 수 있을까? 생판 모르는 사람의 어깨에 기대 놀 수 있을까? 어둠은 사람을 용감하게 만들고 음악은 사람의 정신을 빼놓는구나. 아무렴 어때. 오늘 쿵쿵이와 이렇게 만난 건 인연이다. 누군가가 우리 쪽을 계속 밀었다. 파도가 물결치듯이 인파는 밀리고 밀렸다. 나도 모르게 쿵쿵이 옷을 꼭 잡았다. 쿵쿵이는 살짝 웃었다. 그러면서 쿵쿵댔다. 멋있는 사람이라면 쿵쿵대도 좋아. 나는 생각했다. 밀리고 보니 언니가 없었다. 저 멀리 언니가 보였다. 뭐 이젠 알아서 앞길 잘 헤쳐나가겠지. 이만하면 많이 교육시킨 거잖아? 무슨 일 있으면 핸드폰 있으니까 전화하겠지. 나는 쿵쿵이와 바에 가서 병맥주를 '짠' 했다. 오늘 클럽 오길 참으로 잘한 것 같다는 생각이 들었다. 맥주를 한 모금 마시자 갑자기 속엣것이 올라올 것 같았다. 빈속에 마셔서 그런가? 토를 할 것 같다는 강렬한 느낌을 받았다. 머리가 아찔해졌다. 아니야. 아닐 거야. 맥주가 오늘따라 안 받는 것뿐이야. 나는 쿵쿵이에게 다시 춤을 추러 가자고 했다. 우리는 인파 속을 헤집고 사운드 속에 다시 파묻혔다. 주말이라 그런지 여자들의 노출이 과했다. 어떤 애들은 벌써 키스를 하고 있었다. 커플끼리 온 건가? 아니면 생판 남인데 키스를 하는 건가? 동작을 보아하니 생판 남으로 만났다가 키스하는 게 역력했다. 아무튼 요즘 애들이란. 나는 혀를 찼다. 말세다 말세. 가만. 어디서 많이 본 듯한 얼굴이었다. 헉. 오 마이 갓. 저건…… 언니였다. 놀란 입이 다물어지지 않았다.

"잠깐만."

나는 쿵쿵이를 두고 언니에게 갔다. 인파를 헤집고 가느라 힘들었다.

"언니 취했어?"

키스하는 언니의 귓가에 대고 소리를 질렀다. 언니는 나를 보더니 잘됐다는 표정이었다.

"안 그래도 니한테 연락하려고 했었는데 잘됐다. 여기 너무 시끄러워서 난 얘랑 나갈 테니까 넌 알아서 집에 귀가해라."

"언니 미쳤어? 아까 나한테 설교한 거 잊었어? 여긴 내가 잘 알아. 남자들은 다 똑같다고. 어떻게든 해보려는 그 수작 하나로 놀러 오는 거거든?"

"그럼 너의 쿵쿵이도 그렇나?"

"걘 아니고……."

"얘도 아이다."

어둠 때문에 언니 남자의 얼굴을 잘 볼 수가 없었다.

"아무튼 내 간다."

언니는 남자를 데리고 그 많은 인파를 지나 문 쪽으로 걸어 나갔다. 이를 어떡하면 좋지? 나는 쿵쿵이 자리로 다시 돌아왔다.

"왜 그래?"

"언니가 나갔어."

"그래? 나도 여기 시끄러워서 싫은데 나갈래?"

"어?"

"조용한 바에 가서 칵테일이나 마시자구."

나는 쿵쿵이와 함께 클럽에서 나왔다. 언니는 이미 가고 없는지 코빼기도 보이지 않았다. 알아서 잘하겠지, 뭐. 밖으로 나오니 세상은 조용했다. 쿵쿵이와 나는 아까보다 더 어색해졌다. 빨리 칵테일 바에 가서 달콤함에 취해야겠다. 나는 쿵쿵이와 함께 새벽 공기를 마시며 걸어갔다.

권혜미 | **남자친구가 생기다**

아침이 된 것 같다. 눈을 감아도 눈이 부시니 분명하다. 눈을 뜨기 싫다. 그러니까 이 현실과 정면으로 마주하기 싫다. 어제 뭘 했는지 기억이 한 개도 나질 않는다. 나는 술이 약하다. 그러면서 갈 때까지 마신다. 술을 마시고 나면 뻗는다. 그리고 기억을 하나도 하지 못한다. 이런 탓에 술을 멀리했지만 어제는 그럴 수가 없었다. 권혜미 인생 최초로 남자친구가 생긴 날이기 때문이다. 동갑인 그는 내게 정식으로 사귀자고 했다. 이렇게 황홀한 고백은 처음이었다. 운수에, 새해에는 남자가 생긴다더니 그 말이 맞았다. 서른 살의 문턱에서 드디어 남자친구가 생긴 것이다. 그는 이름도 멋있었다. 박용감. 처음엔 '용감 씨'라고 불렀지만 점점 '씨'를 빼고 불렀다. 어제 술을 마시면서 살핀 결과 그는 소심했다. 이름처럼 용감한 척하려고 했지만 전혀 그렇게 보이지 않았다. 그래도 상관없다. 나는 대범하고 그는 소심하니까 우리는 서로를 보완하는 환상의 커플인 것이다. 얼굴은 또 어떠한가. 이름처럼 용감하게 생겼다. 키가 좀 작은 게 흠이지만 대한민국 남성들의 키는 다 조작된 것으로 알고 있다. 여자들이 키를 보기 때문에 얼마냐고 물어보면 잘 보이려고 뻥을 튀겨서 말하는 게 대한민국 남성들이다. 뭐 아무튼 내가 큰 키가 아니기 때문에 괜찮다. 그나저나 지금 그게 중요한 게 아니다. 어제 내가 무슨 일을 벌였는지 알 수가 없다. 눈을 뜨진 않았지만 방 안의 공기로 짐작해서 이 공간은 내 방이 아니다. 설마 모텔? 아니다. 어제 분명 찜질방에 들어간 것까지 기억이 난다. 그런데 이 공기는 찜질방의 공기가 아니다. 누워 있는 곳도 아주 푹신하다. 그렇다면 이놈이 날 억지로 모텔에 데려왔다는 말? 설마 내가 '원나잇' 상대? 눈을 팍 떴다. 헉. 내 몸이 알몸이다! 그야말로 실오라기 하나 걸치지 않은 알몸이었다. 옆에서 박용감은 등을 보인 채 자고 있었다. 이놈은 팬티 하나를 겨우 입고 자고 있었다. 침대 밑에 있는 옷을 주섬주섬 주워 입었다. 다른 여자 같으면 흔들어 깨우거나, 등을 찰싹 때리겠지만 나는 다르다. 나에겐 비장의 무기가 있다. 나는 신체 부위를 가리지 않고 주먹으로 그놈을 매우 쳤다. 박용감은 아파하면서 비척비척 일어났다.

"아야아야…… 뭐야……."

아직 잠이 덜 깬 목소리다.

"니가 지금 죽고 싶나?"

나는 말할 기회도 안 주고 그놈을 매우 쳤다. 잠시 뒤 계속 맞던 용감은 두 손을 들었다. 백기의 표시였다.

"넌 왜 사람을 때리기만 해? 말할 기회를 줘야 할 거 아냐……."

그는 내 눈치를 보더니 목소리가 점점 작아졌다.

"어디 한번 변명해봐라."

"이건 변명도 아니다…… 너 어제 진짜 생각 안 나? 우리 DVD방에서 영화 보다가 끝날 때쯤에 내가 너한테 키스했잖아. 그리고 술 마시러 갔는데 너가 너무 많이 마셔서 내가 널 업고 찜질방에 갔던 거 기억 안 나?"

"그래. 그것까진 기억난다고. 그럼 이곳이 찜질방이어야지 왜 모텔인데?"

"진짜 기억 안 나나 보네. 찜질방에서 우릴 안 받아줬잖아. 술 마신 사람 입장 금지라고. 그래서 계속 헤매다가 니가 모텔 가자고 했잖아. 빨리 자고 싶다고."

"내가 그런 말을 했다고?"

"그래서 모텔에 갔지. 그런데 니가 덥다면서 옷을 다 벗는 거야. 그러더니 나보고 한 번 하자는 거야."

"구라 칠래?"

나는 베개를 던졌다. 그의 얼굴에 베개가 적중했다. 얼굴을 찡그린 박용감은 계속 말을 이어나갔다.

"이런 말 하면 또 맞겠지만…… 니가 나보고 계속 하자고 한 거 기억 안 나?"

"그래서 했나? 안 했나?"

"니가 하도 하자길래 하려고 했지. 근데 하려고 하면 니가 하지 말자고 하고, 그러다가 또 하자고 하고, 그래서 또 시도하려고 하면 니가 그냥 하지 말자고 하고, 계속 그래서 나중엔 감질나기도 하고, 힘도 빠지고 해서 결국 그냥 안 하고 자버렸지."

그러고 보니 어제 내가 하자, 안 할래, 라는 말 같은 것들을 반복했던 것 같기도 하다. 박용감의 말이 다 맞단 말인가? 아마 맞는 것 같다. 하지만 바로 인정하며 꼬리를 내려선 안 된다.

"하늘에 맹세하나? 니 구라 치면 내일 니 방에 귀신 들어온다."

"무서운 소리 좀 하지 마. 내가 어제 사귄 여자친구한테 거짓말하겠어? 나 이래 봬도 순수하다고. 네 허락 맡고 네

제9장 197

몸에 들어가는 사람이야."

"그런 음담패설 내 앞에서 하지 마!"

나는 베개를 한 번 더 던졌다. 어제만 해도 부드럽게 나를 리드하던 박용감은 어디에도 없었다. 이제 주도권은 나에게 넘어와 있었다. 하루 만에 벌써 내 본모습을 들켰기 때문이다. 우리는 모텔에서 나왔다. 밥을 먹고 영화를 보자 금세 저녁이 되었다.

"더 놀고 싶은데 할 게 없네."

이 말인 즉슨 술을 마실 코스가 남아 있지만 차마 그럴 수가 없네란 뜻이었다. 나는 용감의 말에 동의했다. 어제처럼 그런 추태를 부릴 순 없었다.

"친구들 데리고 와서 가라오케 같은 데서 여러 명 노는 건 어떻노?"

"그거 괜찮다!"

우리는 엔젤리너스에 들어가 아메리카노를 하나씩 시켰다. 그리고 각자 핸드폰을 붙잡고 친구들을 섭외했다. 나는 폭삭 언니한테 연락했다. 이 언니 하나면 줄줄이 소시지처럼 사람들이 달라붙을 터였다.

"언니야. 괜찮은 남자 물색해놨는데 와서 같이 놀자."

"남자? 주소 불러. 바로 내비 찍는다."

"멤버들 픽업할 때 십 분 정도 여유 좀 주라. 옷 갈아입을 시간을 줘야 한다이가."

"알았어."

벌써 멤버를 모으는 일이 끝났다. 용감은 열심히 전화를 걸고 있었다. 하긴 네 명을 모으기엔 이 정도 시간은 걸려야겠지. 그는 괜찮은 가라오케를 알고 있다고 했다. 작년 송년회 때 간 곳이라는 것이었다. 신사동에 있는 한 가라오케로 들어갔다. 룸이 널찍하기도 하거니와 오픈한 지 얼마 안 된 탓에 깨끗했다.

시간이 흐르자 사람들이 속속 도착했다. 폭삭 언니가 먼저 문을 열고 들어왔다. 나는 폭삭 언니의 핫팬츠 길이에 경악했다. 이건 거의 팬티 수준이었다. 뭐 언니의 긴 다리가 돋보이긴 하지만 처음 보는 사람들 앞에서 민망하지도 않나? 그리고 볼레로를 벗자 가슴골이 훤히 보이는 민소매 티가 드러났다. 그야말로 민망함의 절정을 이루고 있었다.

"언니야…… 좀 과하다곤 생각 안 하나?"

"노 프라블럼!"

"멤버들은 어디 갔노?"

"촌스럽게 부끄러워서 못 들어오고 있단다. 쪽박 걔는 내 차에서 어찌나 코를 고는지."

"들어온나."

나는 문을 열었다. 순간 경악했다. 오이만 제외하곤 그때 그 차림들이었다. 쪽박은 물모에 물안경까지 하고 있었다. 아직 잠이 덜 깬 것 같았다. 이 꼴을 하고 가라오케에 들어왔단 말이야? 박용감 친구들이 날 어떻게 생각할까? 정말 오늘 쪽박 찼다.

"언니야, 멤버들한테 옷 갈아입을 시간 주라고 했잖아."

"남자 만나는데 지금 그런 거 따지게 생겼냐? 총알택시처럼 차를 몰아야 할 거 아냐. 얘들은 나보다 나이 어려서 괜찮아. 나만 오늘 잘 건지면 돼. 니들 내가 침 뱉은 남자한테 손대지 마라."

그나마 오이는 평상복을 입었지만(하지만 집에서 입기 편한 티셔츠에 추리닝 바지 차림이었다) 어중간 언니와 쪽박은 우스꽝스럽기 짝이 없었다. 어떻게 보면 야하기도 했다. 쫄쫄이 타이즈와 수영복이라. 둘은 용감의 앞에서 고개를 못 들고 있었다. 하지만 용감은 더 들지 못했다.

"밖에 가서 옷이라도 사온나."

나는 한마디 했다.

"신사동에 비싼 옷밖에 없잖아. 게다가 지금 문 다 닫았어."

흰색 타이즈를 쿠션으로 가린 어중간 언니가 말했다. 폭삭 언니만 재킷을 벗은 채로 우아하게 다리를 꼬고 있었다.

"저번처럼 에어로빅 하려고 하는데 다짜고짜 끌고 가잖

아. 내 수강생 다 끊기게 생겼어. 내 밥줄 끊기면 언니가 책임져. 그나저나 이 타이즈 어쩔 거야. 언니 재킷이라도 줘."

폭삭 언니가 자신의 재킷을 건넸다. 옆에 있던 쪽박이 그 재킷을 잡으며 말했다.

"이건 내가 입어야지. 언닌 타이즈지만 난 수영복이야. 왜 하필 저녁 시간대를 등록해가지고 이런 변을 당하는지."

나는 보다 못해 내 재킷을 건넸다. 결국 수영복을 입은 쪽박은 내 재킷을 입고 타이즈를 입은 어중간 언니는 폭삭 언니의 재킷을 입었다.

"나는 오늘도 그냥 놀러 가려니 했지. 언닌 왜 남자 만나는 자리라고 말을 안 해줘. 집에서 입는 잠옷 차림으로 가라오케에 끌고 가면 어쩌자는 거야."

오이가 투덜댔다. 그도 그럴 것이 티셔츠의 목 부분은 다 해진 데다가 소매 부분은 너덜너덜했다. 추리닝 바지는 보풀이 군데군데 일어나 있었다.

"그나저나 언니 저렇게 꾸민 거 처음 봐."

오이가 과일을 집어 먹으며 말했다. 폭삭 언니는 화장을 고치고 있었다. 오늘 한껏 부푼 기대를 안고 온 모양이었다. 남자들도 한 명씩 들어왔다. 여자들의 꼬락서니를 보더니 대충 시간 때우고 집에 가잔 얼굴이었다. 그중에 용감이 너 두고 보자라는 얼굴을 한 남자도 있었다.

어떻게 입고 놀러 왔건 웃긴 사람들이 모이면 재밌기 마련이었다. 우리는 369게임, 왕 게임, 지하철 게임을 하며 신나게 놀았다. 뒤늦게 한 남자가 들어왔다. 얼굴에 큰 점이 달린 남자였다.

"자자, 소개할게. 내 절친 점탱이라고 하는데 아주 괜찮은 놈이야."

점탱이는 폭삭 언니와 마주 보는 곳에 앉았다. 나는 용감의 옆구리를 찔렀다.

"괜찮기는 개뿔."

"쟤는 좀 신기해. 생긴 것도 별로고 돈이 많은 것도 아닌데 늘 여자가 꼬여. 그것도 한두 명이 아니야."

나는 다시 점탱이를 보았다. 아무리 봐도 특별한 구석이 없었다. 점탱이는 용감의 핸드폰에 붙여진 포토 스티커(나와 용감이 찍은)를 보더니 한마디 했다.

"에라, 이 인간아. 애도 아니고 이게 뭐냐?"

"참고로 내가 붙인 건 아냐."

용감은 작은 목소리로 말했다. 나는 살짝 용감을 째려봤다. 용감은 움찔한 표정이었다.

점점 흘러가는 시간에 비례해 사람들의 알코올 지수도 높아져갔다. 나 역시 심하게 취한 상태였다. 폭삭 언니는 마흔이 되기 전에 시집을 가야 한다며 같은 소리를 반복했다.

"언니야. 저 중에서 마음에 드는 애 있나?"

나는 양주를 홀짝홀짝 마시며 말했다.

"아직 잘 모르겠어."

나는 폭삭 언니에게 달라붙어 작게 소곤거렸다.

"저기 점 붙은 새끼가 그렇게 여자가 꼬인다데. 정말 불가사의 하지 않나?"

폭삭 언니가 갑자기 으하하거리며 웃기 시작했다. 그러더니 점탱이를 향해 손가락을 뻗었다.

"야."

"네……?"

"니가 그렇게 잘한다며?"

순간 점탱이는 너털웃음을 터뜨렸다.

"벌써 소문이 거기까지 났어?"

점탱이는 폭삭 언니에게 술을 따랐다. 폭삭 언니도 점탱이에게 술을 따랐다. 사람들이 러브샷 러브샷을 외치기 시작했다. 러브샷을 하기 위해 폭삭 언니 옆으로 점탱이가 왔다. 둘이 러브샷을 하려는 찰나 나는 혀가 꼬인 채로 소리질렀다.

"이 새끼야, 어디 한번 까봐라."

나는 점탱이의 바지를 내리 벗겼다. 그리고 동시에 바닥으로 쓰러져버렸다.

*

 어디선가 맡아본 익숙한 냄새가 났다. 나는 눈을 감으며 생각했다. 또 눈을 떠서 확인을 해야 하는 곳인 것인가. 설마. 어젯밤 '1박 2일' 멤버를 비롯해서 용감의 친구들까지 여러 명이서 왁자지껄하게 논 것이 떠올랐다. 눈을 뜨더라도 여러 명이서 자고 있을 거야. 그래. 이곳은 찜질방이야. 나는 눈을 확 떴다. 띠리리. 이곳은 어젯밤과 똑같은 바로 그곳이었다. 다행히 스타킹을 빼고는 옷을 입고 있었다. 용감은 맞는 것이 두려웠는지 내가 일어나자 자신도 눈을 비비며 깨어났다.
 "별일 없었제?"
 "별일 없었어. 근데 너 생리해."
 "니가 그걸 어떻게 아는데?"
 나의 주먹이 용감의 얼굴에 명중하려는 순간 용감이 내 주먹을 잡았다.
 "너 기억 안 나?"
 "또 기억을 해야 하나?"
 "니가 가라오케에서 놀다가 바닥에 쓰러지더니 안 일어나는 거야. 아무리 깨워도 안 일어나더니 갑자기 소변이 마렵다며 일어나더라. 그리고 화장실을 가서는 안 오는 거야.

우리는 노느라 정신없어서 너 없어진 거 몰랐어. 나중에 집에 가려는데 니가 없는 거야. 핸드폰도 안 받길래 너를 찾아 나섰지. 니 친구들이 화장실을 갔는데 니가 변기에 앉아서 자고 있더래. 생리대 찬 팬티를 종아리에 걸친 채로."

"윽…… 진짜 '1박 2일' 멤버들 너무하다. 그걸 꼭 나한테 말했어야 할 이유는 없다이가."

"사람들 재밌던데? 폭삭 언니 말이야. 점탱이가 마음에 든다며 데리고 나갔어."

"결국에는 끌고 갔네. 불쌍한 점탱이."

우리는 해장국을 먹으러 나갈까 했으나 추워서 나서기가 싫었다. 그래서 짬뽕에 자장면이나 시켜 먹기로 했다. 그때 용감의 핸드폰에서 벨소리가 울렸다. '점탱이'라고 떴다. 둘이 통화하는 소리가 옆에서 다 들렸다. 폭삭 언니가 출근하러 간다며 빨리 간 탓에 할 게 없다며 어디냐고 전화가 온 것이었다. 용감은 신촌이라고 둘러댔다. 점탱이는 만나자고 했다. 용감은 혜미와 점심을 먹을 예정이라며 다시 전화를 주겠다고 한 뒤 끊었다.

"어떡하지? 나가야 하나?"

"점탱이 때문에 나가기는 싫다."

나는 몸을 웅크렸다.

"그렇다고 여기로 부를 순 없잖아?"

"그건 좀 아니지."

다시 점탱이한테 전화가 왔다. 끈질긴 새끼. 용감과 나는 계속 의논을 했다. 그때까지도 전화벨이 끊기지 않았다. 결국 용감은 전화를 받았다. 점탱이가 "너 지금 모텔이지?" 하고 묻는 소리가 여기까지 들렸다.

"어? 어떻게 알았냐?"

용감은 점탱이의 그 쉬운 유도심문에 넘어가고 말았다. 나는 옆에서 주먹이 아닌 꿀밤을 때렸다. "배고픈데 밥이나 먹자"라는 점탱이의 목소리가 들려왔다.

"니가 우리 것까지 다 사주냐?"

알겠다고 하는 점탱이 소리가 들렸다. 점탱이가 밥을 사준다면야 나가서 먹을 수 있지. 나는 편하게 생각하며 텔레비전을 켰다. 마침 거기선 〈1박 2일〉을 하고 있었다. 강호동의 힘찬 목소리가 들렸다. 일박 이일!! 땡땡땡. 〈1박 2일〉에 몰두하고 있는데 용감이 전화를 끊으며 내게 말했다.

"오 분 있다 여기 도착한대. 스타킹 신는 게 좋지 않을까?"

"뭐? 나가서 먹는 거 아니었나?"

"우리가 하는 이야기 다 듣고 있던 거 아니었어? 니가 아무 말 안 하길래 점탱이 여기로 오기로 했는데."

"안 된다. 당장 안 된다고 해라."

그때 초인종이 울렸다. 급한 마음에 나는 말을 더듬었다.
"누…… 누구세요?"
"점탱이예요."
아, 시발. 나는 욕을 하는 동시에 스타킹을 주워 신고 있었다.
"저 새끼 여기에 잠복하고 있었나?"
나는 점탱이를 맞았다. 이렇게 된 이상 점심을 많이 먹는 수밖에 없다.
"삼각김밥 먹자. 어때?"
점탱이는 오자마자 삼각김밥 운운했다.
"삼각김밥 같은 소리 하고 있네."
내가 받아쳤다. 용감은 한 수 더 거들었다.
"얼굴 삼각형 되도록 맞고 싶냐?"
결국 우리는 중국집에 전화를 해 짬뽕 둘, 자장면 곱빼기 하나, 탕수육 이렇게 시켰다. 물론 돈은 점탱이가 내는 것이었다. 나는 말도 안 되는 위안을 했다.
"방세 낸다고 생각해라. 니도 이 방에 있잖아."
"근데 모텔 카운터에서 널 순순히 보내줘?"
용감이 물었다.
"어. 발레 파킹까지 해주던데."
"오묘한 모텔이구만."

곧이어 초인종 소리가 울렸다. 가서 먹는 것보다 배달하는 게 더 빠르다는 기이한 중국집의 명성대로 번개 배달이었다. 우리는 침대에 삼각형으로 둘러앉아 그것들을 후루룩 해치웠다. 물론 이불을 젖힌 채로였다. 침대 시트에 짬뽕 국물을 비롯한 온갖 것들이 튀었다. 다 먹고 나자 배가 부름과 동시에 졸음이 밀려왔다. 어제 늦게까지 논 탓이었다.

"잠 온다."

점탱이가 말했다.

"딱 이십 분만 자고 싶다."

용감이 말했다. 나도 잠이 쓰나미처럼 밀려왔다.

"그럼 조금만 자다가 일어나자."

내가 말했다. 우리는 더러워진 침대 시트 위에 이불을 깔았다. 그리고 이불 위에서 나란히 세 명이서 누운 채로 잠이 들었다. 누군가가 알람을 맞췄을 거란 생각은 착각이었다. 우리는 그렇게 초저녁까지 잠을 잤다. 그리고 초인종 소리에 잠이 깼다. 배달 아저씨가 그릇을 가지러 온 것이었다. 내가 문을 열었다. 아저씨는 그릇을 잡기 위해 몸을 구부렸다. 순간 아저씨가 흠칫했다. 여자 구두 하나에 남자 운동화 둘을 본 것이었다. 아저씨는 내 얼굴을 한 번 보더니 놀란 표정을 지으며 그릇을 가지고 사라졌다. 쩝. 나는 입맛을 다셨다.

밖으로 나오니 다시 저녁이었다. 용감은 PC방 사장이었다. 점탱이는 회사를 쉬고 잠깐 백수가 된 탓에 시간이 널널했다. 나 역시 프리랜서였기에 시간에 구애받지 않고 놀 수 있었다. 점탱이가 말했다.

"딱 한 잔만 하고 가자."

"야, 냄새만 맡아도 취할 것 같아."

"아까 물 마시는데 술인 줄 알았다니까. 이제는 물에서 술 냄새가 나."

나와 용감은 손사래를 쳤다. 우린 치킨집에 들어갔다. 양념을 시키고 맥주는 500cc 한 잔만 주문했다. 맥주가 나오자마자 점탱이는 마셔댔다. 그러고는 울기 시작했다.

"나 사실은 차였어. 폭삭 누나랑 모텔 갔는데…… 별로래."

"니 별론 거 이제 알았나?"

나는 뒤통수를 치며 말했다. 벌써부터 용감의 친구와 친해진 느낌이었다.

"특별히 다리 줄 테니까 그만 울어."

용감이 닭다리를 내밀었다. 점탱이는 닭다리를 집으며 콧물을 닦았다. 창밖엔 실반지 같은 초승달이 걸려 있었다. 나는 아무도 모르게 초승달을 향해 윙크를 날렸다. 행복한 밤이었다.

10

권지연 - 위험한 밤

권혜미 - 애 아빠 누구?

권지연 | **위험한 밤**

언니와 따로 살면 언니에게서 해방될 줄 알았다. 하지만 그건 나의 오산이었다. 언니는 새벽녘에 내게 전화를 했다. 지금 집 앞인데 문을 열어달라는 것이었다. 처음에 나는 언니가 잠꼬대를 하는 줄 알았다. 아직도 우리가 투룸에 사는 줄 알고 전화를 했나 싶었다. 하지만 제정신인 모양이었다. 내가 별 대답을 안 하자 신촌에서 술 마시다가 왔다며, "여기서 내가 자는 게 꼽나?"라고 말했다. 혀가 꼬일 대로 꼬여 있었다. 정말 진상이다. 나는 자다 일어난지라 싸울 기력도 없었다. 코를 막고 문을 열었다. 술 냄새가 진동을 했다. 문을 열자마자 언니가 말했다.

"개미 퇴치했나?"

"그래. 빨리 들어와. 바람 들어와서 추워."

"어떻게 퇴치했는데?"

"진짜 짜증 나게 하네. 언닌 말해줘도 몰라."

"내 알고든?"

언니가 혀 꼬인 목소리로 소리 질렀다. 나는 생각하기도 싫지만 개미를 퇴치한 과정에 대해 설명했다.

"집 안 곳곳에 작은 알약 같은 걸 설치해뒀어. 개미가 냄새 맡고 와서 약을 집으로 가져가. 개미는 음식을 모아서 함께 먹기 때문이야. 그 안에 독이 있어서 그걸 먹고 비실거리다가 죽어. 여왕개미가 죽어야지 최종적으로 개미를 박멸하는 건데 여왕개미는 개미들이 먹고 안 죽는 걸 확인하고 먹기 때문에 이 약은 먹고 나서 3일 정도 뒤에 효과가 나타난대. 이러한 방식으로 죽는 거야. 알겠어? 말해줘도 한 개도 모르겠지?"

"모르겠다. 아니, 알겠다. 암튼 좀 자야겠다."

나한테는 안 씻고 자면 뭐라고 하던 언니는 집에 오자마자 내 침대에 누웠다. 자기도 술 마시니까 기력이 딸리는 거지. 요즘 남친 생기더니 아주 빠져가지고 글도 안 쓰나 보다. 매일 놀러 다닌 게 분명하다.

"저리 비켜. 내 자리 없잖아. 언닌 밑에서 자."

언니는 말이 없다. 이미 코를 골며 자고 있다. 이런 게 내 언니라니, 복도 지지리 없다. 나의 기구한 운명을 누구에게 탓하리오? 엄마에게? 아빠에게? 왜 나는 권혜미 다음으로 태어났냔 말이다. 나는 대자로 뻗은 언니의 다리와 팔을 한쪽으로 치웠다. 그리고 누웠다. 공간이 반으로 줄었다. 몸을 움직일 수도 없었다. 이렇게 불편한 자세로 잠이 올지 의문이다. 언니는 자기 잠 깨면 오만 욕을 다 하면서 내 잠을 깨우고는 어찌 저리 태평하게 잘 수가 있단 말인가? 동생이라서 정말 억울한 게 이만저만이 아니다. 그러면서 언니 대접은 받으려고 한다. 한번은 '니'라고 불렀다가 호되게 혼났다. 언니를 줄여서 니라고 부른 거라고 말했다가 본전도 못 찾았다. 그날은 보통 날의 두 배로 혼났다.

다음 날. 언니는 내가 준비하는 소리에 잠을 깼다. 언니는 잠을 깨더니 바로 내게 명령했다.

"내 안경 좀 빼봐라."

언니는 손도 없는가? 왜 나한테 빼라고 하냔 말이다. 나는 준비 시간이 길어질까 봐 말싸움은 하지 않기로 했다. 고개를 돌려 언니의 얼굴을 보는데 안경이 없었다.

"안경 없어."

"어, 이상하네? 그럼 어제 렌즈를 꼈었나? 근데 눈에 렌즈가 없는데?"

아직도 정신을 못 차렸나 보다. 언니는 냉장고 앞에 섰다. 뭔가 먹을거리를 찾는 것 같았다.

"야 권지연. 먹고 나서 그때그때 설거지하라고 했나 안 했나? 바로 안 하면 세균이 생긴다니까?"

"그럼 언니가 하든가."

"내가 잠도 여기서 잤으니 특별히 인심 쓴다."

안 할 줄 알았는데 언니가 설거지를 하기 시작했다. 웬일 이래? 하긴 양심이 있으면 설거지 정도는 해줘야 한다. 언니는 설거지를 마쳤나 싶더니 내게 또 잔소리를 했다. 잔소리 여왕의 입에 또 발동이 걸렸다.

"야. 내가 개수대에 찌꺼기는 미리 미리 버리라고 말했나 안 했나? 물이 늦게 내려간다이가. 이런 오물은 빨리 빨리 버려주란 말이다. 쓰레기봉투 어딨노?"

빨리 이 집에서 나가야겠다. 언제 또 무엇을 꼬투리 잡아서 내게 잔소리할지 모른다. 하지만 나의 화장 단계는 아직 많이 남아 있다. 나는 방학을 이용해 아침반 TEPS학원을 다닌다. 나는 나 같은 애들이 많다는 것에 감탄을 금치 못했다. 아침 일곱시 수업인데도 여자애들은 완벽한 화장을 한 얼굴로 나타났다. 그것도 여러 명이 말이다. 아이라인에 마스카라까지 치켜 올린 여자애들은 내가 봐도 대단했다. 게다가 몇 명은 머리에 고데까지 만 흔적이 역력했다. 옷도 패션쇼를 방불케 했다. 나의 미니스커트와 부츠는 흔한 패션이었다. 더 심한 패션도 몇몇 있었다. 내가 거기에 뒤처질쏘냐? 나 역시 꼭두새벽부터 일어나 얼굴과 옷에 공을 들였다.

"아…… 여기 있네."

언니가 뭔가를 찾았다는 듯 소리쳤다.

"뭔데?"

"내가 어젯밤에 렌즈를 개수대에 버렸는갑다."

언니는 말을 함과 동시에 개수대에서 세수를 하고 있었다. 세수를 하는 언니의 모습은 가관이었다.

"왜 화장실에서 안 씻어?"

"화장실 가기 귀찮다."

원룸에서 화장실까지 가는 게 귀찮다는 게 말이 되는가. 몇 발짝 더 걸으면 되는 걸 아무튼 미련한 건 알아준다. 세수를 다 한 언니는 침대에 털썩 앉더니 가방을 뒤적거렸다. 화장품 파우치를 찾는 것 같았다. 언니는 화장품을 바르더니 렌즈를 눈에 끼우기 시작했다. 나는 그 모습을 보고 경악했다.

"아, 진짜 더러워. 개수대에 들어갔던 걸 끼고 앉았어?"

"야. 원래 렌즈는 99프로가 물로 이루어져 있어서 괜찮다."

주인 잘못 만나서 눈까지 썩은 동태가 되는구나. 눈이 무슨 죄람? 내가 만약 저랬으면 또 엄청 잔소리해댔을 게 분명하다. 그때 언니의 파우치에서 나온 물건 하나가 내 눈에 포착됐다. '마이보라'라고 쓰인 직사각형 통이었다.

"언니 이게 뭐야?"

"뭐긴 뭐야. 약……이지."

언니는 당황한 것 같았다. 얼버무리는 게 느껴졌다.

"뭐 하는 데 쓰는 약이냐고?"

"그것도 모르나? 이건 피임약이라는 거다. 호르몬 조절제지. 그러니까 소풍 갈 때나 대학에서 엠티 가고 그럴 때 쓰이는 거다."

갑자기 언니의 목소리가 커졌다. 그리고 동시에 빨라졌다. 나는 할 말을 잃은 채 가만히 있었다. 그 공백이 신경 쓰였는지 언니는 다시 주절거렸다.

"어떻게 먹는 거냐면 이십일 일 동안 하루에 한 알씩 먹거든. 그러면 그 후 일주일 안에 생리가 나온다. 고등학생들은 이걸 여드름 치료제라고 생각해서 오용하는 경우가 있는데 참으로 안타까운 일이 아닐 수가 없지."

"언니 소풍 가?"

"아니."

"엠티 가?"

나는 빈틈을 주지 않기 위해 계속 공격했다. 언니는 내 질문의 뜻을 깨달은 것 같았다. 언니의 뇌가 갑자기 빠르게 회전하는 것 같았다.

"이게 말이야. 생리 많이 하는 사람도 먹는다. 그러면 생리가 조금 나오거든. 나는 그런 용도로 쓰고 있지. 하하."

어색한 웃음으로 마무리하자 언니와 나 사이에 맴도는 공기가 더 어색해졌다. 언니가 어색해하거나 말거나 나는 계속 화장을 했다. 지금쯤 민망해 죽으려고 하겠지? 뭐라고? 생리를 조금만 하려고? 웃기고 있다. 더 캐물어서 언니를 골려줄까 하다가 시간이 없어서 관뒀다. 뭐, 언니 인생인데 언니가 알아서 하라지.

*

학원에 있으면 언니로부터 해방될 줄 알았다. 그건 나의 크나큰 착각이었다. 언니는 수시로 문자를 보냈다.

처음에 보낸 문자는 '쌀이 어딨노'였다. 나는 쉬는 시간을 틈타 답문을 보내려고 바로 보내지 않았다. 그러자 전화가 왔다. 정말 몰상식한 짓이 아닐 수 없다. 학원에서 공부하고 있는데 내가 언니 전화를 받으러 밖에까지 나가야 하는 게 말이 되는가? 나는 결국 답문을 했다. 그러자 잠시 후 또 문자가 왔다. '닭집 전화번호가 어떻게 되노'였다. 닭 시켜 먹을 거면 왜 쌀이 어딨는지 물어봤냔 말이다. 짜증이 날 대로 났다. 인터넷에 대충 검색해보면 닭집이 나올 텐데 왜 이렇게 나를 괴롭히는지 모르겠다. 언니의 굴레로부터 평생 벗어날 수 없다는 생각을 하자 몸서리가 쳐졌다. 언니가 더 보채기 전에 나는 닭집 전화번호를 문자로 보냈다. 그리고 또 잠시 뒤 문자가 왔다. 이번 문자는 나를 정말 열받게 했다. '현금이 어딨노'. 진짜 미친 게 아닐까? 하다못해 동생의 돈까지 우려먹으려고 한단 말인가? 나는 돈이 없다고 답문을 보냈다. 그 후로 언니는 잠잠했다.

학원 수업을 마치고 집으로 가고 있는데 어디서 많이 본 것 같은 인물이 쓱 하고 지나갔다. 어디서 봤는지 떠올리려고 했으나 기억이 나지 않았다. 나는 묵묵히 집으로 걸어갔다. 엇. 근데 그 인물이 내가 사는 건물로 쏙 들어가 버렸다. 같은 건물 사람인가? 나는 고개를 갸웃하며 건물 안으로 들어갔다.

원룸 안은 통닭 냄새로 가득했다. 저 미련 곰탱이가 환기도 안 시켰나 보다. 언니는 내가 왔는데 아무 말도 안 하고 통닭을 뜯고 있었다. 한 소리 하려는 찰나 누가 화장실에서 나왔다. 바로…… 아까 이 건물로 쏙 들어갔던 남자였다.

"내 남자친구다. 정식으로 소개할게."

언니는 열 손가락으로 통닭을 뜯으며 말했다. '여기 도대체 왜 부른 건데?' 하는 표정을 지었다. 언니는 '내가 안 불렀다' 하는 표정을 지었다. 그럼 누가 불렀단 말인가! 남자친구가 왔는데 성질을 낼 수도 없다.

"안녕하세요. 그때 클럽에서 봤었죠? 빈손으로 오기 뭐해서 뭘 좀 사왔어요."

언니의 남자친구가 인사를 하며 내게 검은 봉지를 내밀었다. 기분이 조금 풀렸다. 세제라도 사왔나? 봉지가 무거웠다. 뜨악. 나는 놀라고 말았다. 봉지 속엔 세 개의 소주가 사이좋게 서 있었다. 통닭과 같이 시킨 맥주로 모자라 소주까지? 낮술을 하잔 말인가? 기가 막혔다. 나는 그냥 체념했다. 오늘 하루를 언니에게 반납하기로 했다. 나처럼 참을성 강한 동생도 없을 거다. 사실 언니 남자친구만 없어도 난리 치는 거지만 이미지도 있고 그럴 수가 없었다.

언니의 남자친구가 상에 컵과 접시를 세팅하는 동안 언니와 나는 인덕션 앞에서 오뎅탕을 끓였다. 나는 재료를 주고 언니는 맛을 보며 끓이는 식이었다. 언니의 남자친구가 화장실에 들어갔다. 나는 재빨리 언니의 옆구리를 찔렀다.

"말도 안 하고 왜 끌어들인 거야?"

"내 보고 싶다길래."

"집 밖에서 만나면 됐잖아."

"밖에 나가기 귀찮잖아. 니한테 이참에 제대로 소개도 시켜주고 좋지 뭐. 언니 생애 최초의 남자친구다 이거다. 쿨하게 남친을 소개시켜주는 언니가 잘 있는 줄 아나? 뭐, 니야 꽁꽁 싸매고 주변 사람들한테 안 보여주지만 난 니처럼 안 엉큼하거든."

쿨 같은 소리 하고 있다. 이건 쿨한 게 아니라 민폐다. 민폐도 이런 민폐가 없다. 좁아터진 원룸 안에서 세 명이 있으려니 미칠 것 같다. 오늘 나의 스케줄은 이대로 무산되나 보다.

"아빠가 출장 왔을 때 니 원룸에서 자고 가서 좀 힘들었다며? 엄마한테 들었다."

"그게 왜."

"그게 다 니 업보다. 니가 따로 살잔 말만 먼저 안 했어도 그런 일이 생겼겠나? 방 두 개였을 때는 니랑 내랑 같이 자고 아빠 혼자 큰방 쓰면 됐지만 이젠 그렇지 않다 이거다. 이건 니가 다 벌인 일이지. 니가 선택한 것에 대한 결과물이라고나 할까. 이런 걸 보고 업보라고 하는 거다. 알아듣겠나?"

업보 같은 소리 하고 있다. 말하는 것도 어찌 저리 재수 없게 하는지, 아주 얄미워 죽겠다. 내 언니만 아니었어도 절교했다.

상을 앞에 두고 언니와 언니 남자친구와 마주했다. 이름이 박용감이라고 했다. 무식하면 용감하다고, 무식하게 생겼다. 가까이서 보니 찌질의 극치를 달린다. 옷차림부터가 찌질하다. 이 겨울에 면바지는 진짜 에러다. 이런 남자는 백 트럭을 줘도 안 사귄다.

나는 술을 마시는 척하면서 옆 잔에 따랐다. 술을 안 마셨는데도 왠지 취한 것처럼 머리가 몽롱했다. 슬슬 졸음이 몰려왔다. 나는 침대에 허리를 기댔다.

"나 잘 거니까 둘이 나가."

"그래라. 나도 내 집에 가서 못 잔 잠을 마저 자야겠다."

언니가 일어났다. 생각보다 일찍 일어나주어 고마움에 눈물이 날 지경이었다. 용감 오빠는 화장실에 들어가 나올 생각을 안 하고 있다. 곧 나오겠지 뭐. 나는 침대에 드러누웠다. 곧 스멀스멀 잠이 들었다. "혜미야, 혜미 어딨어?" 뭔가 아득하니 멀리서 잡음이 들려왔다. 하지만 더 이상 소리와 빛이 들리지도 보이지도 않았다. 그렇게 나의 세계는 암전되었다.

권혜미 | **애 아빠 누구?**

"내가 맞아야 할 이유라도 좀 알고 맞자."
 "끝까지 발뺌 할끼가? 니 팬티만 입고 있었다며!"
 "동생 집이 덥더라고."
 아무리 주먹을 날려도 도통 입을 열지를 않는다. 뒷감당을 하기 힘들어서인가? 진짜 모르겠다고는 하는데 그 말을 믿어야 할지 말아야 할지 모르겠다. 동생은 경악하며 전화를 했다. 용감 오빠가 내 침대에서 나랑 같이 자고 있었어. 그것도 팬티만 입은 채로! 혹시 내가 언닌 줄 알고 덮친 거 아냐? 나 걔랑 한 번도 안 했거든? 말하려다가 관뒀다. 지금 상황이 진담 따먹기 할 때가 아니었다.
 "근데 진짜 기억이 하나도 안 나. 에고. 이놈의 술 때문에 되는 게 없네. 뭐 별일 있겠어? 진짜 그냥 잤던 것 같은데…….."

그래. 설마 별일 있겠어? 동생은 옷도 입은 채로 자고 있었다고 하니까…… 이 말을 믿어야지 안 믿으면 누구 손해겠어?

나는 며칠 뒤 동생 집으로 향했다. 혹시라도 현장에 뭔가 남아 있지 않을까 해서였다. 동생은 아무 연락 없이 갑자기 집에 들이닥친 나를 보더니 놀라는 표정이었다.

"왜 왔어?"

"왜 왔기는……."

말을 하려는 찰나 나는 보고야 말았다. 권지연의 책상 위에 놓인 임신 테스트기를 보고야 만 것이었다. 나는 임신 테스트기를 집었다.

"이게 뭐고?"

"뭐긴 뭐야…… 테스트기지."

"그래. 뭐 하는 데 쓰는 물건이냐고?"

지난날 내가 피임약을 동생에게 들켰을 때 당황했던 것처럼 동생은 지금 당황하고 있었다.

"언니, 이게 말이야, 임신 테스트기라고 하는 건데 언니가 잘 모르는 것 같아서 자세히 설명해줄게. 이건 임신을 했느냐 안 했느냐의 여부를 거의 99%의 정확도로 맞추어내는 물건이야. 아침에 누는 첫 오줌으로 검사를 하는 게 가장 정확해. 오줌을 누고 나면 연한 붉은색이 슥 번지듯이 올라오는데 줄이 하나면 비임신이고, 줄이 두 개면 임신이야."

권지연이 내 앞에서 저렇게 친절하게 긴 설명을 한 적이 있었던가.

"그러니까 이걸 니가 왜 샀냐고?"

"그냥 한번 써봤어."

"이리 줘봐."

"엄마한테 비밀이야."

"뭐? 임신이야?"

"몰라. 아무튼 비밀이야."

"임신이 아니면 비밀로 할 필요가 뭐 있노?"

"비밀로 할 거야 안 할 거야?"

"내 남친 애냐?"

"비밀로 할 거냐고 안 할 거냐고?!"

동생은 거의 울 듯이 소리쳤다. 나는 비밀을 꼭 지켜주겠다고 했다. 드디어 임신 테스트기를 확인했다. 선명한 줄이 정확히 두 개 그어져 있었다. 내가 무슨 말을 하려고 입을 벌리자 동생이 그 입을 막았다.

"언니 남친은 아닐 거야. 난 그렇게 못생긴 애랑은 못해."

"뭐? 걔가 어디가 어때서!"

지금 이런 것 때문에 화를 내고 있을 때가 아니었다.

"알았다. 니가 생각하고 있는 애가 있겠지. 누구고?"

"그게 말이야."

"어."

뜸 들이는 동생이 답답하기만 했다.

"몰라."

"모른다고? 니 지금 제정신이가? 니 애를 니가 몰라?"

나는 엄마, 아빠처럼 노발대발 소리를 지르며 화를 냈다.

"재승이 애냐?"

"몰라."

"그럼 그때 클럽에서 본 쿵쿵이라는 놈 애가?"

"몰라."

"그럼 니 데려다준 페라리?"

"몰라."

"이 미친년아, 모르는 게 왜 이렇게 많노?"

내가 이놈의 몰라 때문에 열받은 적이 한두 번이 아니었지만 이번처럼 화가 나긴 처음이었다. 나는 호흡을 가다듬었다.

"그럼 이제 어쩔건데?"

"낳을 건데?"

"미쳤나!"

나는 거의 눈알이 뒤집어질 것 같았다.

"니 낳는다고 하면 엄마한테 전화할 거다."

나는 핸드폰을 들었다. 내가 잡고 있던 핸드폰을 동생이 쳤다. 핸드폰이 바닥으로 떨어졌다.

"왜 약속을 안 지켜?"

째질 듯한 목소리로 화를 내는 지연이를 보자 나는 아연실색했다. 그렇게 낳고 싶단 말이야? 그것도 비밀로 하면서?

"언제까지 비밀 지켜야 하는데?"

"내가 애를 낳을 때까지."

"뭐? 그럼 결혼은 언제 하고?"

"몰라."

"그놈의 몰라 입 비틀기 전에 그만 안 할래?"

나는 화를 내면서도 비밀을 지켜야겠다는 이상한 생각을 하고 있었다. 그런데 애 아빠가 누군지 모르기 때문에 결혼도 모른다는 것인가?

"일단 애부터 낳고 볼 거야. 결혼은 나중에 해도 상관없어."

나는 동생을 얼렀다.

"저기 지연아, 차분히 생각해보라고. 결혼을 해서 애를 낳는 게 순서지 않겠나? 그래야 축복받는 결혼식이 될 수 있단 말이다. 니 드레스 좋아하잖아. 니가 좋아하는 웨딩드레스 입고 딴딴따따 하잔 말이다. 양가 부모님 인사도 드리고, 신혼여행으로 니가 좋아하는 괌도 다녀오고 말이다. 그런 다음에 애를 낳잔 말이지. 배가 더 부르기 전에 드레스를 입어야 맵시가 나지 않겠나? 응? 말 좀 해봐라."

"언니나 엄마나 아빠나 지금 결혼하는 걸 반대할 게 분명해. 그럼 애를 떼라고 하겠지. 그렇기 때문에 나는 애를 낳을 거야. 애 낳기 전까지 엄마 아빠한테는 비밀이야."

"야, 이때까지 공부하던 거 아깝지도 않나? 이렇게 니 인생 종치고 싶나? 너 이제 곧 취업한다는 거 잊었나?"

"내 인생은 내가 알아서 할 거야."

"야, 아주 만약에, 정말 만에 하나 애 아빠가 안 밝혀져. 그럼 뭐 미혼모로 살겠다 이런 건 아니제? 니가 미치지 않은 이상…… 현실은 영화랑 다른 거 알제? 〈싱글즈〉에서처럼 친구끼리 애를 키웠다 이건 말도 안 되는 건지 알제?"

"왜 말이 안 돼?"

"〈싱글즈〉는 친구끼리 키우겠다 하고 끝나는 거다. 그렇게 끝나버리는 게 영화라는 거다. 그 뒷이야기는 영화로 안 찍는다. 왜냐고? 흉물스럽기 짝이 없거든. 힘든 일이 지뢰밭처럼 깔려 있거든. 하지만 영화는 예쁘고 따뜻한 것만 보여 줘야 하거든."

"아무튼 낳을 거야."

"니 설마 내보고 애 아빠 노릇을 해달라 이런 건 아니제? 영화랑 현실은 엄연히 구분된다. 난 그렇게 인생 종칠 수 없다."

말을 마치기가 무섭게 동생 집에서 나왔다. 무서웠다. 일이 이렇게 되어버린 게, 이렇게 커져버린 게, 결국 나도 막을 수 없다는 게 무서웠다. 이젠 어딜 가야 하나. 지하철을 타고 집으로 들어가야 하나. 홧김에 나와버렸지만 동생이 걱정되었다. 코너를 도는데 과일 가게가 나왔다. 임신하면 과일을 먹고 싶지 않을까? 아무거나 사는 것보다 가서 물어보는 게 낫겠지. 나는 다시 동생 집에 들어갔다. 임신 사실을 확인했는데도 동생은 의외로 담담한 모습을 보였다. 비밀을 지키라고 악을 쓸 때를 빼고는.

"니 혹시 예전부터 임신인 거 알고 있었나?"

"사실은 팔 개월째야. 확인 차 한 번 더 테스트를 해본 거였어."

아무렇지 않게 8을 발음하는 동생의 말에 까무러칠 뻔했다. 저 뻔뻔함은 배워도 안 될 거야.

"으이그, 미친 것아. 일을 내도 단단히 냈구만. 난 요즘 니가 배가 나왔길래 살이 좀 쪘나 했지. 먹고 싶은 건 없나?"

"팥죽."

"팥죽?"

"할머니가 솥에 직접 장작 넣어서 끓여주시던 거. 그게 막 땡기네."

"하지만……."

"할머닌 돌아가셨지. 근데 그 맛이 아니면 맛이 없더란 말이야."

다른 데서 팥죽을 먹고 다니긴 했나 보다.

"그거 말고 먹고 싶은 거 없나?"

"맥도날드."

"햄버거?"

"미국 맥도날드에서 파는 햄버거."

"장난하나?"

"진짜로 그거 먹고 싶어."

"야, 현실적으로 가능한 걸 말하라고."

동생은 잠깐 생각하더니 말했다.

"포도랑 자두."

"그건 여름에 나는 과일이잖아!"

아무튼 청개구리 기질이 있는 건 알아줘야 한다. 이 겨울에 여름 과일을 찾다니. 찾아보면 있기야 하겠지만 지천에

널려 있는 제철 과일을 먹으면 좀 좋겠느냔 말이다. 나는 마트에 가서 장을 봐오겠다며 일어섰다. 동생이 따라나서겠다고 했다.

"넌 태교 음악이나 듣고 있어. 어디 돌아다니지 말고."

동생은 갑자기 시끄러운 나이트 음악을 틀었다. 나는 스톱 버튼을 눌렀다.

"정신 못 차렸나? 이런 거 말고 모차르트 음악 같은 거 들으란 말이다."

"그런 거 들으면 바로 잔단 말이야. 내가 좋아하는 거 들을 거니까 신경 쓰지 마."

"니 맘대로 해라. 니 애기지 내 애기가?"

나는 마트에서 포도와 자두를 샀다. 미역국을 끓여야겠단 생각에 미역과 양지머리를 샀다. 또 뭘 사지? 원래라면 라면을 한가득 샀겠지만 싱싱한 과일과 채소 위주로 샀다. 나도 모르게 마음이 들떴다. 왜 그런지 모르겠다. 내게 조카가 생겨서? 생각도 해보지 않은 일이다. 하지만 동생에게 맛있는 걸 먹이고 싶은 마음은 사실이다. 나는 장갑도 끼지 않은 양손에 한가득 물건을 들고 낑낑거리며 집으로 향했다. 손이 얼얼했다. 집에 돌아오자 동생은 기분이 좋아 보였다.

"임신하니까 좋은 점도 있네. 언니가 먹을 것도 척척 만들어주고. 임신 또 해야겠다."

"니가 엄마한테 알리기만 했어도 이 짓거리 안 해."

"글 써야 하지 않아?"

"나중에 써도 안 굶어 죽어."

미역을 찬물에 넣고 불렸다. 양지머리도 찬물에 넣고 핏물을 뺐다. 벌써부터 국에서 모락모락 김이 났다. 입안에 군침이 돌았다. 나는 나이트 음악을 들으며 마늘을 다졌다. 마늘이 더 잘 다져지는 것 같았다. 나이트 음악이 이런 도움을 줄 수도 있다니. 나는 음악을 흥얼거리며 요리를 해나갔다.

11

권지연 - 이야기꽃 피는 밤

권혜미 - 대단원

권지연 | **이야기꽃 피는 밤**

불을 끄고 누웠다. 언니가 온 탓에 원룸이 반은 좁아진 것 같다. 작은 원룸 안에 미역국 냄새가 아직도 가시질 않는다. 언니의 정성이 모락모락 솟아나는 냄새다.

시간이 지나자 방 안의 어둠이 조금씩 걷히기 시작한다. 물건들의 윤곽이 흐릿하게 살아난다. 언니와 얼마 만에 같이 쓰는 방인가. 투룸에 살았을 때도, 부모님과 아파트에서 살았을 적에도 같은 방을 쓰지 않았다. 아주 예전에 한방을 쓴 적이 있긴 하다. 내가 중학교 다닐 때였다. 추억 속 한 페이지를 끄집어낸다. 빨간 벽돌로 지어진 주택. 그 집은 복층식이었다. 1층에 방이 두 개고 2층엔 하나였다. 우린 2층을 다락방이라고 불렀다. 다락방에서 조금 더 올라가면 옥상이 나왔다. 여름에 텐트를 치고 소꿉놀이를 하는 그런 곳이었다. 다락방은 추웠다. 게다가 멋있기만 할 뿐 계단을 오르내리는 것이 힘들었다. 무엇보다 방이 작았다. 언니와 나는 1층에 하나 남은 방을 썼다. 이 방도 그리 큰 것은 아니었다. 침대를 놓고 두 개의 책상을 놓으면 방은 꽉 찼다. 우리는 같은 벽면을 바라보고 공부했지만 서로 뭘 하고 있는지 알 수 없었다. 중간에 세로로 서 있는 책장이 우리의 시야를 가로막고 있기 때문이었다. 엄마가 시장이라도 보러 나가면 잽싸게 바닥에 내려 앉아 공기놀이를 했다. 100년 내기로 했다. 언니는 공기놀이를 잘했다. 밥먹고 공기만 했어? 친구들이 나 같은 말을 하는 모양이었다. 그러고 보면 그때 우리 자매는 사이가 좋았다. 한방을 썼는데도 그리 싸우지 않았다. 그때는 목표가 같았기 때문이었을까. 좋은 성적을 내는 것, 이라는 목표. 언니는 공부를 열심히 했다. 나는 책상에 붙어 앉기만 했지 음악을 듣거나 공상을 했다. 이를테면 남자친구와 데이트할 때 어디서 할 것이며 어떤 옷을 입고 나갈 것인가 하는.

"자나?"

"아니."

언니도 아직 잠이 들지 않은 모양이다. 실로 오랜만에 둘이서 한 이불 안에 있으니 달뜨는 게 당연한 것일 수도 있다.

"아빠는 언니가 작가가 된 것이 무척이나 좋나 봐. 부산 내려갔을 때 언니 이야기밖에 안 했어."

"……."

"아빠 친구들은 딸이 하나만 있는 줄 알 거야. 하긴 난 칭찬할 거리가 없지. 그저 그런 학교에 들어가서 취업의 문턱에서 헤매고 있으니까. 만약 취업이 되었다 하더라도 그게 그렇게 축하할 일은 아니잖아."

"요즘같이 취업이 어려운 시대에 그게 왜 축하할 일이 아닌데?"

언니가 의외로 내 편을 들어준다. 하지만 현실적으로 그건 축하할 일이 못 된다. 아빠가 동창회에 나가서 떠벌릴 일은 못 된다는 것이다.

옛날에 영재라는 소리를 들었던 적이 있다. 그 시절이 꿈만 같다. 언제부터 머리가 굳었는지 나도 알 수 없다. 언니가 나지막이 말한다.

"나는 니가 부러웠다. 니가 어렸을 때 여기저기 대회를 나갔던 게…… 그래서 그 대회 이름을 아직도 외우고 있다."

"거짓말."

"성균관대주최 수학영어경시대회, KMC본선대회, 대교올림피아드, 한국수학과학 창의력페스티벌. 이것 말고도 많지만 그만할게. 내는 부러웠다. 넌 내랑 네 살이나 차이 나는데도 더 앞서나갔으니까. 넌 공부 말고도 내를 앞서나가는 게 많았지. 내가 유치원 때부터 시작한 미술이 그랬다. 넌 초등학교 오학년이 되어서야 다니기 시작했는데…… 내가 언제 미술 학원을 관뒀는지 아나?"

언니가 이불을 뒤척인다. 오늘의 대화가 길어질 듯한 예감이 든다.

"니랑 내가 미술 콩쿠르를 나갔을 때였다. 난 상을 받지 못했지. 하지만 넌 대상을 받았다. 내가 먼저 시작한 미술이었지만, 넌 내를 따돌리고 비교할 수 없을 만큼 좋은 성적을 받았던 거지. 그때부터 나는 붓을 잡지 않았다. 그날 이후로 미술 학원을 나가지 않았지."

"그건 언니 재능이 아니었던 거야. 언니는 붓 대신 펜을 잡았잖아. 그리고 두각을 나타내고 있잖아. 언니가 업으로 하고 살 수 있는 게 있다는 게 난 너무 부러워. 현재 난 그 무엇도 아닌 어중이떠중이야."

언니는 내 말을 듣는지 안 듣는지 계속 자기 말을 이어나갔다.

"한 에피소드가 생각난다. 우리 어렸을 땐 얼굴이 많이 닮은 편이었다이가. 친척 중 한 분이 내한테 그랬지. 니가 지연이냐고. 난 혜미라고 했지. 그러자 널 잡더라. 니가 천재라며. 그렇게 공부를 잘한다며. 지연이는 어쩜 그렇게 머리가 뛰어나냐. 그때 나는 옆에서 어떤 표정을 지어야 할지 몰라서 무표정을 지었지. 내 어린 시절 기억들은 다 그런 것들이다. 잊고 싶지만 잊히지 않는 것들."

언니의 기억력이 이 정도였나. 난 그런 일이 있었는지 기억도 나지 않는다. 그런 사소한 것들에 상처받았었단 말인가. 언니가 새삼 다시 보인다. 언제나 강하고 쿨했던 언니에게 이런 여린 내면이 있었는지. 그 당시 언니가 상처를 받았을 거란 생각은 했었다. 누구나 자신이 돋보이고 싶은 법이니까. 하지만 언니의 이야길 들으니, 언니의 상처가 얼마만큼인지 상상이 가지 않는다. 현재 내 처지가 궁하지만, 나는 언니를 다독인다.

"다 지난 이야기잖아. 현재가 중요한 거야. 난 현재 천재도 그 무엇도 아니야."

"또 기억나는 건 아빠가 늘 니한테 한의대 가라고 했던 거. 우리가 같이 방을 쓰던 시절에 아빠는 늘 니한테만 말을 걸었지. 꼭 한의대 가야 한다고, 그래서 아빠의 오십견을 고쳐줘야 한다고 니 두 손 잡으면서 말했던 거. 그때도 난 어떤 표정을 지어야 할지…… 몰랐다. 난 공부를 잘하고 싶었다. 니가 잘하지 않았더라면 내가 그렇게 열심히 했을까. 나는 어떻게든 부모님께 인정받아야 한다고 생각했다. 넌 노력하지 않아도 잘했지만 니는 니보다 열 배는 노력해도 잘하지 못했으니까…… 어렸을 때 엄마가 우리를 때릴 때도 니는 늘 숫자를 셌다. 혹시나 나를 더 많이 때리지 않을까 싶어서. 니랑 같나 안 같나. 나는 늘 그걸 주시했다. 부모님이 내게 주는 사랑을 니가 떼어먹는 것 같아서. 지금 생각하면 철없지만 열 손가락 깨물어서 덜 아프고 더 아픈 손가락이 있을 거라 생각했지. 너 때문에 자식은 꼭 한 명만 낳겠다고 생각도 했었다. 내 자식한테 열등감이란 거 심어주고 싶지 않았거든. 난 왜 언니로 태어났을까. 난 왜 먼저 태어났을까. 그런 생각도 많이 했다."

언니가 이야기를 멈췄다. 더 이상 할 말이 없는 걸까. 지난날에 대한 기억들이 더 이상 남지 않은 걸까?

언니의 이야기를 전부 들은 나는 이루 말할 수 없이 무기력해져 있었다. 언니는 지금 잘나간다. 그렇기 때문에 내 꼴이 어떤지 제대로 알지 못한다. 언니 눈에는 그저 지난날만 보이는 것이다. 과거는 과거일 뿐, 되돌릴 수도 재현해낼 수도 없다. 정작 중요한 건 현실이다. 언니는 아직도 과거 속에 사는 걸까. 그런 언니가 답답하다.

"언닌 몰라."

"뭘?"

"천재가 둔재로 변해가는 그 상실감을. 이루 말할 수 없는 그 상실감을 언니는 모를 거야. 난 옛날에 내가 어떤 사람이었는지 기억해. 그저 읽기만 하면 그게 다 외워졌어. 이게 당연하다고 생각했어. 그래서 난 보통 사람들이 멍청하다고 생각했어. 이 쉬운 걸 왜 끙끙거리는지 이해할 수가 없었어. 내겐 세상이 너무 쉬웠어. 아빤 한의사가 되라고 했지만 난 의사 같은 거 하기 싫었어. 더 큰 걸 하고 싶었어. 제대로 큰물에서 놀고 싶었어. 하지만 나이가 들수록 꿈이 점점 작아졌어. 보통 사람들처럼 머리가 보잘것없어졌어. 하지만 죽어도 평범한 사람만은 되기 싫었어. 무서웠어. 나중에 평범한 사람이 되고 나서는 뭐든지 되고 싶었어. 뭐든 좋으니까 사회가 인정해주길 바랐어.

언니가 작가로 등단했을 때 사실 머리를 세게 맞은 느낌이었어. 언니가 이 정도일 줄 몰랐어. 애들은 만나면 언니 이야기밖에 하지 않았어. 신문 지면도 언니 이야기만 하고 있었어. 내 이야기는 어디에도 없었어. 아빠도 엄마도 사람들한테 언니 얘기만 했어. 너무나 좋아하셨어. 내가 영재였을 때 대회에서 상을 받아 왔을 때도 그만큼 좋아하지 않았어.

나는 나이를 먹을수록 명절이 무서워졌어. 한 살씩 먹을수록 머리가 더 굳는 것 같았어. 친척들이 대학교를 물어봤을 때 나는 자랑스럽게 말할 수가 없었어. 어쩌다 길거리에서 동창들을 만나면 내게 다들 어디 대학을 갔냐고 물었어. 영재 소리 듣더니 꼴좋다며 뒤에서 욕을 하는 친구들도 있었지.

기대는 어느 순간 추락할 대로 추락했고 점점 무관심으로 변했어. 나중엔 아예 외면으로 변했지. 사람들의 눈길이 그랬어. 비참했어. 소중한 것들이 그렇게 한꺼번에 빠져나가는 느낌, 그 허탈감, 그 무력감에 대해 나는 잘 알아. 한 번 느꼈던 감정은 시간이 흘러도 잊히지 않아. 한 번 맡았던 냄새가 그 후에 맡지 않아도 계속 기억되듯이."

우리 자매는 잠시 말이 없었다. 이윽고 언니가 먼저 말을 꺼냈다.

"넌 부모님의 기대를 한 몸에 받았을 때 기분이 좋았나?"
"글쎄……."
"막상 부모님의 관심을 받으니까 그게 마냥 편치만은 않다. 그땐 니가 마냥 부럽기만 했는데 지금은 그때의 네 심정을 조금이나마 알 것 같기도 하고. 나도 니처럼 그 스포트라이트가 언제 꺼질지 몰라서 불안하기도 하다. 아무튼 네 덕분에 언닌 단단한 사람이 된 것 같다. 그래서 고맙다는 말을 하고 싶다."

"……."
"자나?"

"……."

"야, 내가 방금 진짜 좋은 말 했다니까. 특히 마지막 문장은 감동이었는데. 들었나?"

대답을 한 것 같은데…… 의식이 가물가물해졌다. 내가 할 말을 다 하고 나자 잠이 스멀스멀 왔다. 점점 블랙홀로 빠져드는 느낌이었다. 의식이 스르륵 닫혔다.

권혜미 | **대단원**

지연이의 배가 점점 불러왔다. 나는 글 쓰는 것도 중단한 채 지연이의 수발을 들었다. 그렇게 육 개월이 흘렀다. 드디어 출산 날짜가 임박해왔다. 엄마와 아빠를 서울로 불렀다. 가기 귀찮다는 부모님에겐 특별한 발표를 할 거니 큰마음 먹고 오시라고 했다. 물론 권지연 몰래 감행한 일이었다. 부모님은 당연히 내가 애인 발표라도 하는 줄 알 것이다. 하지만 애인이 아닌 애기 발표다. 그것도 내가 아닌 동생의. 동생은 배가 부를 대로 부른 상태였다. 언제까지나 숨길 수만은 없었다. 애가 나오기 전에 알려드리는 게 그래도 도리 아닌가.

30분까지 롯데백화점에 있는 커피숍에 부모님이 도착하기로 했다. 동생은 십 분 뒤 나타나기로 했다. 부모님이 나타났다는 걸 상상도 못 할 것이다. 말하면 오지도 않을 게 뻔했다. 부모님에게 따뜻한 아메리카노를 하나씩 안겨드렸다. 엄마는 향이 좋다며 킁킁댔고 아빠는 그 뜨거운 걸 한 번에 마셔버렸다. 나는 헛기침을 한 후 입을 열었다.

"지금부터 제가 하는 얘기 잘 들으세요. 아빠, 엄마. 놀라면 안 된데이. 지연이가 임신을 했는데⋯⋯."

"스토옵!"

말이 끝나지도 않았는데 엄마가 스톱을 외쳤다. 나는 아랑곳하지 않고 계속 말했다.

"애 아빠가 누군지 입을 안 연다."

"이게 무슨 마른하늘에 날벼락 떨어지는 소리고!"

"이걸 그냥!!"

성질을 내며 일어선 아빠를 가로막았다.

"지연이 임신 중이다. 화내면 안 된다."

아빠는 지연이 교육을 어떻게 시켰기에 애가 이 모양이냐며 엄마에게 닦달했고 엄마는 여태껏 말 안 하고 뭐 했냐며 내게 닦달했다. 왜 불똥이 나에게 튀는지 알 수 없었다. 그때였다. 저기서 지연이가 문을 열고 들어왔다. 짤랑. 종소리만 경쾌하게 울렸다. 엄마와 아빠의 얼굴을 본 동생은 뒷걸음질 쳤다. 도망가는 걸 아빠가 한방에 잡아왔다. 지연이는 나를 째려보며 앉았다.

"아이고마. 이게 누구 배고? 만삭이다이가? 혜미 니는 이 남산만 한 배를 이때까지 숨겨줬단 말이가. 언니라는 년이 이런 거나 숨겨주고. 으잉?"

내가 원하는 장면은 이게 아니었는데. 왜 계속 나한테 불똥이 튀지?

"빨리 애 아빠 데려오지 못해? 지금 당장 전화해!"

아빠는 커피숍이 흔들릴 만큼 크게 동생에게 화를 냈다. 지연이는 느릿느릿 핸드폰을 꺼냈다. 번호를 누르려던 그때.

"으어어어아아악."

동생이 비명 소리와 함께 배를 부여잡으며 주저앉았다. 연기를 하는가 싶기도 했지만 이미 부를 대로 부른 배가 실제 상황임을 알리고 있었다. 사람들의 시선이 우리에게로 꽂혔다. 누군가가 119를 부르란 말을 했다. 나는 동생 폰을 들고 119를 눌렀다. 저기 멀리서 구급차 오는 소리가 들리는 것 같기도 했다. 나는 진이 빠져 바닥에 주저앉았다.

동생의 분만 직전 부모님과 나는 가족 분만실에 들어갔다. 동생은 거의 초죽음 상태였다. 낑낑거리며 온 힘을 다하는 모습이 미래의 내 모습을 보는 것 같아 무서울 지경이었다. 아기가 서서히 머리를 드러내기 시작했다. 까만 머리가 나오기 시작했다. 그러니까…… 까만 머리인 것이 당연하긴 한데…… 아기의 머리 피부가 까맸다. 뱃속에서 나오는 아기들은 원래 저런 건가?
"이기 뭐꼬?"
엄마가 아기를 보며 말했다.
"호…… 혹시…….'
아빠가 말을 더듬거렸다. 나는 악을 쓰며 아이를 낳는 지연의 얼굴과 아기의 얼굴을 번갈아 보았다. 아기는 다리까지 거의 나온 상태였다.
"흑인이야!"
나는 경기를 일으키듯 소리 질렀다. 의사가 탯줄을 잘랐다. 아기가 울기 시작했다. 울음소리는 어디서나 똑같은 것인가. 한국말로 그 울음소리는 '응애응애'에 가까웠다. 아기는 나왔는데 흑인이다. 부모님은 어떤 표정을 지을지 몰라서 어안이 벙벙해져 있었다. 아들이라는 의사의 말이 끝나자마자 뒤에서 웬 혀 굴리는 소리가 들려왔다.
"오, 지연."
뒤로 도는 순간 나는 까무러쳤다. 아빠와 엄마는 아마 숨이 멎었을 것이다. 난 처음에 오바마가 온 줄 알았다. 하지만 자세히 보니 오바마를 닮은 흑인이었다. 물론 오바마보다 훨씬 젊은 얼굴이었다. 키가 엄청 컸다. 덩치도 컸다. 운동선수인가. 만져보진 않았지만 제대로 근육질일 것 같았다. 그런 생각을 하자 왠지 호감이란 생각이 들었다. 초콜릿 피부를 가진 흑인은 '오, 지연'을 연발하고 있었다.

"와주었구나. 콜린."

콜린? 콜린은 수건에 감싼 아기를 보더니 감탄사를 연발했다. 콜린이 애 아빠란 말인가? 애 아빠가 분만실에 나타나서 다행이긴 하건만 외국인이라니. 동생은 말도 안 되는 변명을 엄마와 아빠를 향해 했다.

"콜린이랑 계속 연락을 하긴 했지만 사실상 잘되기는 힘들 것 같아서 단념했는데 임신을 한 거야. 그런데 콜린에게 임신이란 말을 하기 전에 프러포즈를 하더라고. 그래서 일단 속도위반하기로 했어."

엄마와 아빠의 얼굴이 샛노래졌다. 나 역시 마찬가지였다. 어떻게 아무렇지 않은 얼굴로 저렇게 뻔뻔하게 말할 수가 있지? 부모님이 놀란 건 둘째 치고 어떻게 내게 한마디도 안 할 수가 있지? 자긴 처음부터 다 알고 있었으면서 오리발을 내밀었다? 동생의 술수에 말려든 걸 생각하니 열이 받았다. 나만 옆에서 애꿎은 총알받이 역할을 하느라 진이 빠졌던 것이다.

"아니, 그렇다고 말도 안 하고 애를 낳나? 진짜 이년이 사고 칠 줄 알았제."

"엄마가 반대할 것 같아서 일단 몰래 낳았어. 미안."

"이게 미안으로 끝날 일이가? 아이고…… 아기 보고 있으면 그런 말이 들어가다가도, 아이고 아이고, 애 이름은 정했나?"

"미키로 정했어."

"미키라고. 아이고, 아이고. 니를 미국에 유학을 보내는 게 아니었다. 아이고 아이고."

엄마는 아이고만 연발했고 아빠는 경직된 얼굴로 침묵을 지키면서 콜린을 이따금 바라봤다.

"어쩌다 이래 국제적인 사고를 쳤난 말이다. 앞으로 니는 어쩔 거고?"

"장모님, 걱종 안 하셔도 돼요."

엄마가 화들짝 놀랐다. 아빠와 나도 놀란 건 물론이었다.

"헉. 우리 말 알아듣나? 진작 말을 해야지, 가시나야."

엄마는 지연이 등짝을 쳤다. 정확한 발음은 아니었지만 그는 한국어를 구사하고 있었다.

"지연, 나 한쿡말도 콩부해써. 잘했지?"

아빠가 드디어 입을 열었다.

"자넨 뭘 할 줄 아나?"

약간 질문이 이상했지만 우리는 그 속뜻을 알아들었다.

"현채 변호싸로 일하코 있어요."

미리 질문에 대한 답을 준비해온 것인지 거침없이 말을

했다.

"그래서 우리 지연이를 어쩔 건가?"

"지연이는 졸업하고 나써 미국에서 공부를 더 하고 싶어 해요."

아빠가 지연이에게 고개를 돌렸다. 동생은 고개를 끄덕였다.

"아빠, 미국에서 취업할 거야. 잘할 수 있어."

"아이고 아이고. 키워났더만 저 먼 나라 땅에 가서 살게 생겼네."

엄마가 곡을 했다. 아빠는 빨리 대화하기 위해 영어로 이것저것을 물었다. 나이는 나와 동갑인 서른, 만난 곳은 버스 정류장, 이성을 사귄 횟수는 한 번(아무도 믿지 않았다, 근데 왜 아빠는 이런 걸 물었나 모르겠다)이었다.

아빠는 현실적이었다. 이미 아기가 울어젖히고 있는 이상 이 결혼은 승낙해야 한다고 했다. 지연이가 미국에서 공부를 더 하다 취직이 되는 게 최상이다 싶은 것 같았다. 엄마는 계속해서 곡을 했다.

"아이고 아이고. 언니보다 더 일찍 결혼을 하면 안 되는데. 아이고 아이고."

"아, 거기서 내가 왜 나오는데."

나는 엄마를 팔꿈치로 쿡쿡 찔렀다.

*

  동생은 대학교에서 맞는 마지막 겨울방학을 부산에서 보내기로 했다. 나 역시 부산으로 내려왔다. 엄마와 나는 동생의 뒷수발을 하기에 바빴고 아빠는 퇴근만 하고 돌아오면 미키를 찾기에 바빴다. 아기는 하루가 다르게 쑥쑥 컸다. 손톱과 머리카락이 자라는 게 신기할 따름이었다. 빨리 결혼해서 애를 낳고 싶을 정도였다. 세계 어느 나라든 아기는 다 귀여운 법인가 보다.

  지연이는 부산에 내려오기 전 뭇 남자들과의 관계를 청산했다. 쿵쿵이에겐 작별 인사를 했고 재승이에겐 제대로 이별을 고했다. 그리고 페라리 씨와는 마지막으로 드라이브를 했다. 그 외에도 내가 모를 많은 남자들에게도 마지막 인사를 했으리라. 그것도 일일이 데이트를 해가면서 말이다. 콜린에게 미안하지도 않나? 뭐 하긴 이제 영영 못 볼지도 모르니 눈감아줄 법도 하다.

  지연이의 졸업 날짜가 점점 다가왔다. 그 말은 떠날 날이 다가오고 있다는 뜻이기도 했다. 내 마음은 날이 갈수록 납덩이라도 든 것처럼 묵직해져만 갔다. 동생과 아파트 앞 놀이터를 나갔다. 그네에 앉았다. 그네를 탈 때마다 쇳소리가 삐거덕거리며 들려왔다.

"예전에 어렸을 때 언니가 그네 많이 밀어줬는데."

"기억하네? 니 일어서서 그네 타기까지 시간 엄청 걸렸다 이가."

"겁쟁이였으니까."

"그런 겁쟁이가 애도 낳았다이가."

우리는 낮게 웃었다. 바람이 귓불을 간질였다. 나는 서서히 그네를 멈췄다. 지연이도 그네를 이내 멈췄다.

"니가 멀리 간다고 하니까……."

"하니까?"

"어이없게도 서운하네."

"어이없게도가 뭐야? 아무튼 말하는 거하고는."

"야, 너."

"어?"

"가지 마라."

"……."

"내가 옆에서 도와줄게. 서울 가도 계속 도와줄게. 내 미키 잘 돌볼 자신 있다."

"언니는 언니 할 일 하면서 살아야지."

"야. 내 프리랜서다이가. 글도 쓰면서 다른 것도 할 수 있다. 언니 못 믿나?"

"당연히 믿지……. 내가 언니 덕분에 얼마나 든든하게 살아왔는데. 초등학교 때도 언니가 주먹 짱이어서 애들이 나 안 건드렸잖아."

"그래. 니 내 믿잖아. 그러니까 내랑 같이 살자. 언니랑 살자. 언니가 잘할게."

지연이가 웃었다. 내게 건네는 그런 포근한 미소는 처음이었다. 눈시울이 붉어질 것 같은 미소였다. 나는 울지 않기 위해 웃었다. 동생 앞에선 늘 강한 모습만 보이고 싶어 했다. 그래야 널 보호할 것 같았어. 나는 속으로 말을 삼켰다. 우리 자매 머리 위로 햇빛이 약하게 내리쬤다. 우리는 서먹서먹한 침묵 속에서 하염없이 그네를 탔다.

*

출국하는 날이 되었다. 엄마는 지연이를 얼싸안으며 눈물을 흘렸다. 아빠는 지연이를 안으면서 '잘 살아라'는 말만 했다. 나와 포옹할 차례가 되었다. 나는 묵묵하게 포옹을 했다. 따뜻한 체온이, 같은 피가 흐르는 체온이 느껴졌다. 멀리 가는 것도 아닌데, 아니 사실 멀리 가는 건 맞다. 이제 가면 얼마나 못 볼지 모르겠다. 나는 나지막이 속삭였다.

"내는 니를 다른 동생이랑 바꾸라고 하면 절대 안 바꿀 거다."

"왜?"

"니가 부려먹기 적당하니까."

"마지막까지 농담하는 것 좀 봐. 언니가 부려먹는다고 내가 당할 동생이야?"

내 농담에 지연이가 유쾌하게 받아쳤다. 나는 안았던 지연이를 풀어주었다. 그리고 눈을 맞추며 말했다.

"언니가 많이 모자랐제? 미안하다. 너한테 못되게 대한 건 어쩌면, 바보 같은 열등감 때문이었는지도 모르겠다."

동생은 조용히 고개를 흔들었다.

"아니야. 천재는 내가 아니라 언니였어. 권혜미 작가! 난 언니가 너무 자랑스러워. 언니가 최고야."

지연이는 엄지를 치켜 올려 보였다. 나는 미소를 지었다. 동생은 이내 출국 심사대로 멀어져갔다. 안녕. 내 동생. 권지연. 그렇게나 싫어했던 이름, 짜증스러웠던 이름, 그래서 너무나 사랑스러웠던 이름, 지연아, 잘 가.

나는 손을 흔들었다. 나의 눈에 눈물이 그렁그렁해졌다. 이제는 볼 수 없으니까 울어도 괜찮겠지. 약해져도 괜찮겠지. 그때였다. 지연이가 사라져버린 그 순간, 내 가방도 함께 자취를 감추었다.

"어라? 저게 내 가방 들고 갔네! 야! 권지연! 빨리 이리 안 오나?"

이때까지 포옹을 하느라 신경을 쓰지 못하고 있었다. 나는 심사대로 뛰어갔다. 엄마와 아빠가 나를 양쪽에서 잡고 뜯어 말렸다. 권지연이 살짝 고개를 내밀었다. 그러더니 메롱을 했다.

"저게 죽을라꼬. 어디 가증스럽게 메롱을 하고 지랄이고! 내도 저 비행기 탈 꺼다. 아니, 저 인간 출국 취소해라. 야. 여기로 빨랑 안 튀어오나? 가방 놓고 가라. 야. 니 잡히면 죽는다. 내가 미국까지 못 갈 줄 알고?"

잠시 후 비행기가 굉음을 내는 소리가 들렸다. 굉음은 내가 발악하는 소리를 집어삼켰다. 나는 언제까지고, 비행기가 한 점이 될 때까지 그 자리에서 씩씩대며 서 있었다. 권지연의 키킥대는 웃음소리가 여기까지 들리는 듯했다.

작가 후기

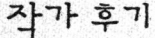

우리 제발 헤어질래?

　둘은 제목대로 마지막에 헤어진다. 자매는 연인이 아니다. 떨어져도 해피엔드. 붙어도 해피엔드. 자매가 한 아이를 키운다. 있을 수 없는 일일까. 대한민국, 아니 전 세계 어디즈음 익살스러운 자매가 언니의 혹은 동생의 아이를 키우고 있을 것만 같다. 아이의 엄마, 아빠를 자청하면서.
　그런 생각을 한 적이 있다. 나중에 아이를 낳으면, 한 명은 입양하고 싶다는 생각. 나의 아이가 아니어도 기꺼이 품을 수 있다는 생각.
　아이의 아빠를 나타나게 한 것은, 소설답지 않았다. 하지만 나는 소설답지 않음을 택했다. 소설임에도 불구하고 소설다움을 택하지 않았다. 소설다움을 택했으면 어땠을까. 역설적으로 소설이었으므로 소설답지 않음을 택했다. 따뜻한 불행이 전개되는 이야기보다는 차가운 행복으로 풀어보고자 했다.

그 차가운 행복이 독자들에게 어떻게 다가갈지 모르겠다. 연재를 하는 동안 호응을 해준 독자들께 감사드린다.

어렸을 때 아가씨 놀이라는 걸 했다.

엄마 화장품을 다 꺼내어 덕지덕지 발랐다. 분도 바르고 루즈도 발랐다. 그땐 비비크림이라는 게 없었다. 파우더만 사용해도 어른으로 승격하는 기분이었다. 빨간 루즈는 나에게 전혀 어울리지 않았다. 화장이 어울리지 않는 나이. 나는 얼른 어른이 되고 싶었다. 한 서른 살쯤 되고 싶었다. 이십대는 시행착오가 많을 테니 삼십대가 되고 싶었다. 그 나이가 되면 모든 것을 달관하고 관조할 수 있을 것 같았다. 얼른 걱정 없는 어른이 되어 다리를 꼬고 커피를 마시고 싶었다. 나는 엄마의 아이스커피를 훔쳐 먹곤 했다. 어른이 되는 상상은 아이스커피처럼 그렇게 달달하기만 했다.

자, 지금은 11월. 내 나이 스물일곱의 끝자락. 나는 어른이 되었는가. 화장을 할 자격이 주어졌는가. 다리를 꼬고 커피를 마실 자격이 주어졌는가. 지금은 어쩔 수 없이 하는 화장. 중독처럼 마시게 된 커피. 나는 지독히도 어른 같은 어른이 된 것인가. 어른다운 어른이 아닌 어른 같은 어른.

어린 나이에 작가라는 꿈을 이뤘지만 마냥 불안하다. 행복이 아닌 불행이 삶의 부피를 늘려준다는 것을 잘 알고 있다. 지금보다 조금 더 불행해지고 싶다. 불행이 찾아온다면 나는 좀 더 충만해질 수 있을 것이다.

부모님께 감사의 말을 전한다.

이따금 부모님께 병치레가 잦은 하자 있는 유전자로 나를 낳았다고 툴툴거리곤 한다. 작가가 되기 전에는 그저 미안해하셨다. 그리고 작가가 된 후에는 말씀하셨다. 어린 나이에 작가가 된 유전자보다 더 좋은 유전자가 어딨느냐고. 갈수록 하늘을 찌르는 부모님의 자부심을 외면할 수가 없다. 하자가 덜 있는 유전자로 태어나게 해주신 부모님께 감사드린다.

그리고 하나밖에 없는 동생. 그녀가 다른 언니의 동생으로 태어났다면 더 행복했을 수도 있지 않았을까. 가끔 그런 생각을 한다. 항상 응원해주고 싶다는 말을 하고 싶다.

마지막으로 나. 못났고 못됐고 못생긴 나. 내가, 나에게, 나를 응원한다.

2010년 가을
고예나

우리 제발 헤어질래?

ⓒ 고예나, 2010

초판 1쇄 인쇄일 | 2010년 12월 15일
초판 1쇄 발행일 | 2010년 12월 20일

지은이 | 고예나
펴낸이 | 강병철
주   간 | 정은영
편   집 | 임홍열
디자인 | 이연경
제   작 | 시명국 구본성
영   업 | 조광진 안재임
온라인 마케팅 | 박현경 유혜영 안나

펴낸곳 | (주)자음과모음
출판등록 | 2001년 5월 8일 제20-222호
주   소 | 121-753 서울시 마포구 동교동 165-1 미래프라자빌딩 7층
전   화 | 편집부 (02)324-2347, 총무부 (02)325-6047
팩   스 | 편집부 (02)324-2348, 총무부 (02)2654-7696
E-mail | munhak@jamobook.com
Home page | www.jamo21.net

ISBN 978-89-5707-514-2 (03810)

잘못된 책은 교환해드립니다.
저자와의 협의하에 인지는 붙이지 않습니다.